幹校六記

OXFORD
UNIVERSITY PRESS

OXFORD
UNIVERSITY PRESS

Oxford University Press is a department of the University of Oxford.
It furthers the University's objective of excellence in research, scholarship,
and education by publishing worldwide. Oxford is a registered trade mark of
Oxford University Press in the UK and in certain other countries

Published in Hong Kong by
Oxford University Press (China) Limited
39th Floor, One Kowloon, 1 Wang Yuen Street, Kowloon Bay,
Hong Kong

First Edition published 2003

幹校六記

楊 絳

ISBN: 978-0-19-596723-4 HB
ISBN: 978-0-19-800758-6 PB

This impression (lowest digit)
9 10 8

目錄

幹校六記

小引

楊絳寫完《幹校六記》，把稿子給我看了一遍。我覺得她漏寫了一篇，篇名不妨暫定為《運動記愧》。

學部在幹校的一個重要任務是搞運動，清查「五一六份子」。幹校兩年多的生活是在這個批判鬥爭的氣氛中度過的；按照農活、造房、搬家等等需要，搞運動的節奏一會子加緊，一會子放鬆，但彷彿間歇瘧，疾病始終纏住身體。「記勞」，「記閑」，記這，記那，都不過是這個大背景的小點綴，大故事的小穿插。

現在事過境遷，也可以說水落石出。在這次運動裏，如同在歷次運動裏，少不了有三類人。假如要寫回憶的話，當時在運動裏受冤枉、挨批鬥的同志們也許會來一篇《記屈》或《記憤》。至於一般羣眾呢，回憶時大約都得寫《記愧》：或者慚愧自己是糊塗蟲，沒看清「假案」、「錯案」，一味隨着大伙兒去糟蹋一些好人；或者（就像我本人）慚愧自己是懦怯鬼，覺得這裏面有冤屈，卻沒有膽氣出頭抗議，至多只敢對運動不很積極參加。也有一種人，他們明知道這是一團亂蓬蓬的葛藤賬，但依然充當旗手、鼓手、打手，去大判「葫蘆案」。按道理說，這類人最應當「記愧」。不過，他們很可能既不記憶在心，也無愧怍於心。他們的忘記也許正由於他們感到慚愧，也許更由於他們不覺慚愧。慚愧常使人健忘，虧心和丟臉的事總是不願記起的事，因此也很容易在記憶的篩眼裏走漏得一乾二淨。慚愧也使人畏縮、遲疑，耽誤了急劇的生存競爭；內疚抱愧的人會一時上退卻以至於一輩子落伍。所以，慚愧是該被淘汰而不是該被培養的感情；古來經典上相傳的「七情」裏就沒有列上它。在日益緊張的近代社會生活裏，這種心理狀態看來不但無用，而且是很不利的，不感覺到它也罷，落得個身心輕鬆愉快。

《浮生六記》——一部我不很喜歡的書——事實上只存四記，《幹校六記》理論上該有七記。在收藏家、古董販和專家學者通力合作的今天，發現大小作家們並未寫過的未刊稿已成為文學研究裏發展特快的新行業了。誰知道沒有那麼一天，這兩部書缺掉的篇章會被陸續發現，補足填滿，稍微減少了人世間的缺陷。

錢鍾書

一九八〇年十二月

一 下放記別

中國社會科學院，以前是中國科學院哲學社會科學部，簡稱學部。我們夫婦同屬學部；默存在文學所，我在外文所。一九六九年，學部的知識份子正在接受「工人、解放軍宣傳隊」的「再教育」。全體人員先是「集中」住在辦公室裏，六、七人至九、十人一間，每天清晨練操，上下午和晚飯後共三個單元分班學習。過了些時候，年老體弱的可以回家住，學習時間漸漸減為上下午兩個單元。我們倆都搬回家去住，不過料想我們住在一起的日子不會長久，不日就該下放幹校了。幹校的地點在紛紛傳説中逐漸明確，下放的日期卻只能猜測，只能等待。

我們倆每天各在自己單位的食堂排隊買飯吃。排隊足足要費半小時；回家自己做飯又太費事，也來不及。工、軍宣隊後來管束稍懈，我們經常中午約會同上飯店。飯店裏並沒有好飯吃，也得等待；但兩人一起等，可以說說話。那年十一月三日，我先在學部大門口的公共汽車站等待，看見默存雜在人羣裏出來。他過來站在我旁邊，低聲說：「待會兒告訴你一件大事。」我看看他的臉色，猜不出什麼事。

我們擠上了車，他才告訴我：「這個月十一號，我就要走了。我是先遣隊。」

儘管天天在等待行期，聽到這個消息，卻好像頭頂上着了一個焦雷。再過幾天是默存虛歲六十生辰，我們商量好：到那天兩人要吃一頓壽麵慶祝。再等着過七十歲的生日，只怕輪不到我們了。可是只差幾天，等不及這個生日，他就得下幹校。

「為什麼你要先遣呢？」

「因為有你。別人得帶着家眷，或者安頓了家再走；我可以把家撂給你。」

幹校的地點在河南羅山，他們全所是十一月十七日走。

我們到了預定的小吃店，叫了一個最現成的沙鍋雞塊——不過是雞皮雞骨。我舀些清湯泡了半碗飯，飯還是咽不下。

只有一個星期置備行裝，可是默存要到末了兩天才得放假。我倒借此賴了幾天學，在家收拾東西。這次下放是所謂「連鍋端」——就是拔宅下放，好像是奉命一去不復返的意思。沒用的東西、不穿的衣服、自己寶貴的圖書、筆記等等，全得帶走，行李一大堆。當時我們的女兒阿圓、女婿得一，各在工廠勞動，不能叫回來幫忙。他們休息日回家，就幫着收拾行李，並且學別人的樣，把箱子用粗繩子密密纏捆，防旅途摔破或壓塌。可惜能用粗繩子纏捆保護的，只不過是木箱鐵箱等粗重行李；這些木箱、鐵箱，確也不如血肉之軀經得起折磨。

經受折磨，就叫鍛煉；除了準備鍛煉，還有什麼可準備的呢。準備的衣服如果太舊，怕不經穿；如果太結實，怕洗來費勁。我久不縫紉，胡亂把耐髒的綢子用縫衣機做了個毛毯的套子，準備經年不洗。我補了一條褲子，坐處像個佈滿經線緯線的地球儀，而且厚如龜殼。默存倒很欣賞，說好極了，穿上好比隨身帶着個座兒，隨處都可以坐下。他說，不用籌備得太周全，只需等我也下去，就可以照看他。至於家人團聚，等幾時阿圓和得一鄉間落戶，待他們迎養吧。

轉眼到了十一日先遣隊動身的日子。我和阿圓、得一送行。默存隨身行李不多，我們找個旮旯兒歇着等待上車。待車室裏，鬧嚷嚷、亂哄哄人來人往，先遣隊的領隊人忙亂得只恨分身無術，而隨身行李太多的，只恨少生了幾雙手。得一忙放下自己拿的東西，去幫助隨身行李多得無法擺佈的人。默存和我看他熱心為旁人效力，不禁贊許新社會的好風尚，同時又互相安慰說：得一和善忠厚，阿圓有他在一起，我們可以放心。

得一掮着、拎着別人的行李，我和阿圓幫默存拿着他的幾件小包小袋，排隊擠進月台，擠上火車，找到個車廂安頓了默存。我們三人就下車，癡癡站着等火車開動。

我記得從前看見坐海船出洋的旅客，登上擺渡的小火輪，送行者就把許多彩色的紙帶拋向小輪船；小船慢慢向大船開去，那一條條彩色的紙帶先後迸斷，岸上就拍手歡呼。也有人在歡呼聲中落淚；迸斷的彩帶好似迸斷的離情。這番送人上幹校，車上的先遣隊和車下送行的親人，彼此間的離情假如看得見，就決不是彩色的，也不能一迸就斷。

默存走到車門口，叫我們回去吧，別等了。彼此遙遙相望，也無話可說。我想，讓他看我們回去還有三人，可以放心釋念，免得火車馳走時，他看到我們眼裏，都在不放心他一人離去。我們遵照他的意思，不等車開，先自走了。幾次回頭望望，車還不動，車下還是擠滿了人。我們默默回家；阿圓和得一接着也各回工廠。他們同在一校而不同系，不在同一個工廠勞動。

過了一兩天，文學所有人通知我，下幹校的可以帶自己的床，不過得用繩子纏捆好，立即送到學部去。粗硬的繩子要纏捆得服帖，關鍵在繩子兩頭；不能打結子，得把繩頭緊緊壓在繩下。這至少得兩人一齊動手才行。我只有一天的期限，一人請假在家，把自己的小木床拆掉。左放、右放，怎麼也無法捆在一起，只好分別捆；而且我至少還欠一隻手，只好用牙齒幫忙。我用細繩縛住粗繩頭，用牙咬住，然後把一隻床分三部份捆好，各件重複寫上默存的名字。小小一隻床分拆了幾部，就好比兵荒馬亂中的一家人，只怕一出家門就彼此失散，再聚不到一處去。據默存來信，那三部份重新團聚一處，確也害他好生尋找。

文學所和另一所最先下放。用部隊的詞兒，不稱「所」而稱「連」。兩連動身的日子，學部敲鑼打鼓，我們都放了學去歡送。下放人員整隊而出；紅旗開處，俞平老和俞師母領隊當先。年逾七旬的老人了，還像學齡兒童那樣排着隊伍，遠赴幹校上學，我看着心中不忍，抽身先退；一路回去，發現許多人缺乏歡送的熱情，也紛紛回去上班。大家臉上都漠無表情。

我們等待着下幹校改造，沒有心情理會什麼離愁別恨，也沒有閑暇去品嘗那「別是一般」的「滋味」。學部既已有一部份下了幹校，沒下去的也得加緊幹活兒。成天坐着學習，連「再教育」我們的「工人師傅」們也膩味了。有一位二十二三歲的小「師傅」嘀咕說：「我天天在爐前煉鋼，並不覺得勞累，現在成天坐着，屁股也痛，腦袋也痛，渾身不得勁兒。」顯然煉人比煉鋼費事；「坐冷板凳」也是一項苦功夫。

煉人靠體力勞動。我們挖完了防空洞——一個四通八達的地下建築，就把圖書搬來搬去。捆，扎，搬運，從這樓搬到那摟，從這處搬往那處；搬完自己單位的圖書，又搬別單位的圖書。有一次，我們到一個積塵三年的圖書室去搬出書籍、書櫃、書架等，要騰出屋子來。有人一進去給塵土嗆得連打了二十來個噎噴。我們儘管戴着口罩，出來都滿面塵土，咳吐的盡是黑痰。我記得那時候天氣已經由寒轉暖而轉熱。沉重的鐵書架、沉重的大書櫥、沉重的卡片櫃——卡片屜內滿滿都是卡片，全都由年輕人狠命用肩膀扛，貼身的衣衫磨破，露出肉來。這又使我驚歎，最經磨的還是人的血肉之軀！

弱者總沾便宜；我只幹些微不足道的細事，得空就打點包裹寄給幹校的默存。默存得空就寫家信；三言兩語，斷斷續續，白天黑夜都寫。這些信如果保留下來，如今重讀該多麼有趣！但更有價值的書信都毀掉了，又何惜那幾封。

他們一下去，先打掃了一個土積塵封的勞改營。當晚睡在草鋪上還覺燠熱。忽然一場大雪，滿地泥濘，天氣驟寒。十七日大隊人馬到來，八十個單身漢聚居一間屋裏，分睡在幾個炕上。有個跟着爸爸下放的淘氣小男孩兒，臨睡常繞炕撒尿一匝，為炕上的人「施肥」。休息日大家到鎮上去買吃的：有燒雞，還有煮熟的烏龜。我問默存味道如何；他卻沒有嘗過，只悄悄做了幾首打油詩寄我。

羅山無地可耕，幹校無事可幹。過了一個多月，幹校人員連同家眷又帶着大堆箱籠物件，搬到息縣東嶽。地圖上能找到息縣，卻找不到東嶽。那兒地僻人窮，冬天沒有燃料生火爐子，好多女同志臉上生了凍瘡。洗衣服得蹲在水塘邊上「投」。默存的新襯衣請當地的大娘代洗，洗完就不見了。我只愁他跌落水塘；能請人代洗，便賠掉幾件衣服也值得。

在北京等待上幹校的人，當然關心幹校生活，常叫我講些給他們聽。大家最愛聽的是何其芳同志吃魚的故事。當地竭澤而漁，食堂改善伙食，有紅燒魚。其芳同志忙拿了自己的大漱口杯去買了一份；可是吃來味道很怪，愈吃愈怪。他撈起最大的一塊想嘗個究竟，一看原來是還未泡爛的藥肥皂，落在漱口杯裏沒有拿掉。大家聽完大笑，帶着無限同情。他們也告訴我一個笑話，說錢鍾書和丁××兩位一級研究員，半天燒不開一鍋爐水！我代他們辯護：鍋爐設在露天，大風大雪中，燒開一鍋爐水不是容易。可是笑話畢竟還是笑話。

他們過年就開始自己造房。女同志也拉大車，脫坯，造磚，蓋房，充當壯勞力。默存和俞平伯先生等幾位「老弱病殘」都在免役之列，只幹些打雜的輕活兒。他們下去八個月之後，我們的「連」才下放。那時候，他們已住進自己蓋的新屋。

我們「連」是一九七〇年七月十二日動身下幹校的。上次送默存走，有我和阿圓還有得一。這次送我走，只剩了阿圓一人；得一已於一月前自殺去世。

得一承認自己總是「偏右」一點，可是他說，實在看不慣那夥「過左派」。他們大學裏開始圍剿「五一六」的時候，幾個有「五一六」之嫌的「過左派」供出得一是他們的「組織者」，「五一六」的名單就在他手裏。那時候得一已回校，阿圓還在工廠勞動；兩人不能同日回家。得一末了一次離開我的時候說：「媽媽，我不能對羣眾態度不好，也不能頂撞宣傳隊；可是我決不能捏造個名單害人，我也不會撒謊。」他到校就失去自由。階級鬥爭如火如荼，阿圓等在廠勞動的都返回學校。工宣隊領導全系每天三個單元鬥得一，逼他交出名單。得一就自殺了。

阿圓送我上了火車，我也促她先歸，別等車開。她不是一個脆弱的女孩子，我該可以放心撇下她。可是我看着她踽踽獨歸的背影，心上悽楚，忙閉上眼睛；閉上了眼睛，越發能看到她在我們那破殘凌亂的家裏，獨自收拾整理，忙又睜開眼。車窗外已不見了她的背影。我又合上眼，讓眼淚流進鼻子，流入肚裏。火車慢慢開動，我離開了北京。

幹校的默存又黑又瘦，簡直換了個樣兒，奇怪的是我還一見就認識。

我們幹校有一位心直口快的黃大夫。一次默存去看病，她看他在簽名簿上寫上錢鍾書的名字，怒道：「胡說！你什麼錢鍾書！錢鍾書我認識！」默存一口咬定自己是錢鍾書。黃大夫說：「我認識錢鍾書的愛人。」默存經得起考驗，報出了他愛人的名字。黃大夫還待信不信，不過默存是否冒牌也沒有關係，就不再爭辯。事後我向黃大夫提起這事，她不禁大笑說：「怎麼的，全不像了。」

我記不起默存當時的面貌，也記不起他穿的什麼衣服，只看見他右下頷一個紅包，雖然只有榛子大小，形狀卻崢嶸險惡：高處是亮紅色，低處是暗黃色，顯然已經灌膿。我吃驚說：「啊呀，這是個疽吧？得用熱敷。」可是誰給他做熱敷呢？我後來看見他們的紅十字急救藥箱，紗布上、藥棉上盡是泥手印。默存說他已經生過一個同樣的外瘡，領導上讓他休息了幾天，並叫他改行不再燒鍋爐。他目前白天看管工具，晚上巡夜。他的頂頭上司因我去探親，還特地給了他半天假。可是我的排長卻非常嚴厲，只讓我隨人去探望一下，吩咐我立即回隊。默存送我回隊，我們沒說得幾句話就分手了。得一去世的事，阿圓和我暫時還瞞着他，這時也未及告訴。過了一兩天他來信說：那個包兒是疽，穿了五個孔。幸虧打了幾針也漸漸痊癒。

我們雖然相去不過一小時的路程，卻各有所屬，得聽指揮、服從紀律，不能隨便走動，經常只是書信來往，到休息日才許探親。休息日不是星期日；十天一次休息，稱為大禮拜。如有事，大禮拜可以取消。可是比了獨在北京的阿圓，我們就算是同在一處了。

二　鑿井記勞

幹校的勞動有多種。種豆、種麥是大田勞動。大暑天，清晨三點鐘空着肚子就下地。六點送飯到田裏，大家吃罷早飯，勞動到午時休息；黃昏再下地幹到晚。各連初到，借住老鄉家。借住不能久佔，得趕緊自己造屋。造屋得用磚；磚不易得，大部份用泥坯代替。脱坯是極重的活兒。此外，養豬是最髒又最煩的活兒。菜園裏、廚房裏老弱居多，繁重的工作都落在年輕人肩上。

有一次，幹校開一個什麼慶祝會，演出的節目都不離勞動。有一個話劇，演某連學員不怕磚窰倒塌，冒險加緊燒磚，據説真有其事。有一連表演鑽井，演員一大羣，沒一句台辭，唯一的動作是推着鑽井機團團打轉，一面有節奏地齊聲哼「嗯唷！嗯唷！嗯唷！嗯唷！」大伙兒轉呀、轉呀，轉個沒停——鑽機並不能停頓，得日以繼夜，一口氣鑽到底。「嗯唷！嗯唷！嗯唷！嗯唷！」那低沉的音調始終不變，使人記起曾流行一時的電影歌曲《伏爾加船夫曲》；同時彷彿能看到拉縴的船夫踏在河岸上的一隻隻腳，帶着全身負荷的重量，疲勞地一步步掙扎着向前邁進。戲雖單調，卻好像比那個宣揚「不怕苦、不怕死」的燒窰劇更生動現實。散場後大家紛紛議論，都推許這個節目演得好，而且不必排練，搬上台去現成是戲。

有人忽脫口說：「啊呀！這個劇——思想不大對頭吧？好像——好像——咱們都那麼——那麼——」

大家都會意地笑。笑完帶來一陣沉默，然後就談別的事了。

我分在菜園班。我們沒用機器，單憑人力也鑿了一眼井。

我們幹校好運氣，在淮河邊上連續兩年乾旱，沒遭逢水災。可是乾硬的地上種菜不易。人家說息縣的地「天雨一包膿，天晴一片銅」。菜園雖然經拖拉機耕過一遍，只翻起滿地大坷垃，比腦袋還大，比骨頭還硬。要種菜，得整地；整地得把一塊塊坷垃砸碎、砸細，不但費力，還得耐心。我們整好了菜畦，挖好了灌水渠，卻沒有水。鄰近也屬學部幹校的菜園裏有一眼機井，據說有十米深呢，我們常去討水喝。人力挖的井不過三米多，水是渾的。我們喝生水就在吊桶裏摻一小瓶痧藥水，聊當消毒；水味很怪。十米深的井，水又甜又涼，大太陽下幹活兒渴了舀一碗喝，真是如飲甘露。我們不但喝，借便還能洗洗腳手。可是如要用來澆灌我們的菜園卻難之又難。不用水泵，井水流不過來。一次好不容易借到水泵，水經過我們挖的渠道流入菜地，一路消耗，沒澆灌得幾畦，天就黑了，水泵也拉走了。我們撒下了菠菜的種子，過了一個多月，一場大雨之後地裏才露出綠苗來。所以我們決計鑿一眼灌園的井。選定了地點，就破土動工。

那塊地硬得真像風磨銅。我費盡吃奶氣力，一鍬下去，只築出一道白痕，引得小伙子們大笑。他們也挖得吃力，說得用鶴嘴钁來鑿。我的「拿手」是腳步快；動不了手，就飛跑回連，領了兩把鶴嘴钁，扛在肩頭，居然還能飛快跑回菜園。他們沒停手，我也沒停腳。我們的壯勞力輪流使鶴嘴钁鑿鬆了硬地，旁人配合着使勁挖。大家狠幹了一天，挖出一個深潭，可是不見水。我們的「小牛」是「大男子主義者」。他私下嘀咕說：挖井不用女人；有女人就不出水。菜園班裏只兩個女人，我是全連女人中最老的；阿香是最小的，年歲不到我的一半。她是華僑，聽了這句聞所未聞的話又氣又笑，吃吃地笑着來告訴我，一面又去和「小牛」理論，向他抗議。可是我們倆真有點擔心，怕萬一碰不上水脈，都怪在我們身上。幸虧沒挖到二米，土就漸漸潮潤，開始見水了。

乾土挖來雖然吃力，爛泥的份量卻更沉重。越挖越泥濘，兩三個人光着腳跳下井去挖，把一桶桶爛泥往上送，上面的人接過來往旁邊倒，霎時間井口周圍一片泥濘。大家都脫了鞋襪。阿香幹活兒很歡，也光着兩隻腳在井邊遞泥桶。我提不動一桶泥，可是湊熱鬧也脫了鞋襪，把四處亂淌的泥漿鏟歸一處。

平時總覺得污泥很髒，痰涕屎尿什麼都有；可是把腳踩進污泥，和它親近了，也就只覺得滑膩而不嫌其髒。好比親人得了傳染病，就連傳染病也不復嫌惡，一併可親。我暗暗取笑自己：這可算是改變了立場或立足點吧！

我們怕井水湧上來了不便挖掘。人工挖井雖然不像機器鑽井那樣得日以繼夜、一氣鑽成，可也得加把勁兒連着幹。所以我們也學大田勞動的榜樣，大清早餓着肚子上菜園；早飯時阿香和我回廚房去，把饅頭、稀飯、鹹菜、開水等放在推車上，送往菜園。平坦的大道或下坡路上，由我推車；拐彎處，曲曲彎彎的小道或上坡路上，由阿香推。那是很吃力的；推得不穩，會把稀飯和開水潑掉。我曾試過，深有體會。我們這種不平等的合作，好在偏勞者不計較，兩人幹得很融洽。中午大伙回連吃飯；休息後，總幹到日暮黃昏才歇工，往往是最後一批吃上晚飯的。

我們這樣狠幹了不知多少天，我們的井已挖到三米深。末後幾天，水越多，挖來越加困難，只好借求外力，請來兩位大高個兒的年輕人。下井得浸在水裏。一般打井總在冬天，井底暖和。我們打井卻是大暑天，井底陰冷。阿香和我擔心他仍泡在寒森森的冷水裏會致病。可是他們興致熱哄哄的，聲言不冷。我們倆不好意思表現得婆婆媽媽，只不斷到井口偵察。

水漸漸沒腿，漸漸沒膝，漸漸齊腰。灌園的井有三米多已經夠深。我說要去打一斤燒酒為他們驅寒，借此慶功。大家都很高興。來幫忙的勞力之一是後勤排的頭頭，他指點了打酒的竅門兒。我就跑回連，向廚房如此這般說了個道理，討得酒瓶。廚房裏大約是防人偷酒喝，瓶上貼着標籤，寫了一個大「毒」字，旁邊還有三個驚嘆號；又畫一個大骷髏，下面交叉着兩根枯骨。瓶裏還剩有一寸深的酒。我抱着這麼個可怕的瓶子，趕到離菜園更往西二里路的「中心點」上去打酒；一路上只怕去遲了那裏的合作社已關門，恨不得把神行太保拴在腳上的甲馬借來一用。我沒有買酒的證明，憑那個酒瓶，略費唇舌，買得一斤燒酒。下酒的東西什麼也沒有，可吃的只有泥塊似的「水果糖」，我也買了一斤，趕回菜園。

灌園的井已經完工。壯勞力、輕勞力都坐在地上休息。大家興沖沖用喝水的大杯小杯斟酒喝，約莫喝了一斤，瓶裏還留下一寸深的酒還給廚房。大家把泥塊糖也吃光。這就是我們的慶功宴。

挖井勞累如何，我無由得知。我只知道同屋的女伴幹完一天活兒，睡夢裏翻身常「哎呀」、「喔唷」地哼哼。我睡不熟，聽了私心慚愧，料想她們准累得渾身酸痛呢。我也聽得小伙子們感歎說：「我們也老了」；嫌自己不復如二十多歲時筋力強健。想來他們也覺得力不從心。

等買到戽水的機器，井水已經漲滿。井面寬廣，所以井台更寬廣。機器裝在水中央；井面寬，我們得安一根很長的橫槓。這也有好處；推着橫槓戽水，轉的圈兒大，不像轉小圈兒容易頭暈。小伙子們練本領，推着橫槓一個勁兒連着轉幾十圈，甚至一百圈。偶來協助菜園勞動的人也都承認：菜園子的「蹲功」不易，「轉功」也不易。

我每天跟隨同夥早出晚歸，幹些輕易的活兒，說不上勞動。可是跟在旁邊，就彷彿也參與了大伙兒的勞動，漸漸產生一種「集體感」或「合羣感」，覺得自己是「我們」或「咱們」中的一員，也可說是一種「我們感」。短暫的集體勞動，一項工程完畢，大家散夥，並不產生這種感覺。腦力勞動不容易通力合作——可以合作，但各有各的成績；要合寫一篇文章，收集材料的和執筆者往往無法「勁兒一處使」，團不到一塊兒去。在幹校長年累月，眼前又看不到別的出路，「我們感」就逐漸增強。

我能聽到下幹校的人說：「反正他們是雨水不淋、太陽不曬的！」那是「他們」。「我們」包括各連幹活兒的人，有不同的派別，也有「牛棚」裏出來的人，並不清一色。反正都是「他們」管下的。但管我們的並不都是「他們」；「雨水不淋、太陽不曬的」也並不都是「他們」。有一位擺足了首長架子，訓話「嗯」一聲、「啊」一聲的領導，就是「他們」的典型；其他如「不要臉的馬屁精」、「他媽的也算國寶」之流，該也算是屬於「他們」的典型。「我們」和「他們」之分，不同於階級之分。可是在集體勞動中我觸類旁通，得到了教益，對「階級感情」也稍稍增添了一點領會。

我們奉為老師的貧下中農，對幹校學員卻很見外。我們種的白薯，好幾壠一夜間全偷光。我們種的菜，每到長足就被偷掉。他們說：「你們天天買菜吃，還自己種菜！」我們種的樹苗，被他們拔去，又在集市上出售。我們收割黃豆的時候，他們不等我們收完就來搶收，還罵「你們吃商品糧的！」我們不是他們的「我們」，卻是「穿得破，吃得好，一人一塊大手錶」的「他們」。

三　學圃記閑

我們連裏是人人盡力幹活兒，盡量吃飯——也算是各盡所能、各取所需吧？當然這只是片面之談，因為各人還領取不同等級的工資呢。我吃飯少，力氣小，幹的活兒很輕，而工資卻又極高，可說是佔盡了「社會主義優越性」的便宜，而使國家吃虧不小。我自覺受之有愧，可是誰也不認真理會我的歉意。我就安安份份在幹校學種菜。

新闢一個菜園有許多工程。第一項是建造廁所。我們指望招徠過客為我們積肥，所以地點選在沿北面大道的邊上。五根木棍——四角各豎一根，有一邊加豎一棍開個門；編上秫秸的牆，就圍成一個廁所。裏面埋一口缸漚尿肥；再挖兩個淺淺的坑，放幾塊站腳的磚，廁所就完工了。可是還欠個門簾。阿香和我商量，要編個乾乾淨淨的簾子。我們把秫秸剝去外皮，剝出光溜溜的芯子，用麻繩細細緻緻編成一個很漂亮的門簾；我們非常得意，掛在廁所門口，覺得這廁所也不同尋常。誰料第二天清早跑到菜地一看，門簾不知去向，積的糞肥也給過路人打掃一空。從此，我和阿香只好互充門簾。

菜園沒有關欄。我們菜地的西、南和西南隅有三個菜園，都屬於學部的幹校。有一個菜園的廁所最講究，糞便流入廁所以外的池子裏去，廁內的坑都用磚砌成。可是他們積的肥大量被偷，據說幹校的糞，肥效特高。

我們挖了一個長方形的大淺坑漚綠肥。大家分頭割了許多草，漚在坑裏，可是不過一頓飯的功夫，漚的青草都不翼而飛，大概是給拿去喂牛了。在當地，草也是稀罕物品，乾草都連根鏟下充燃料。

早先下放的連，菜地上都已蓋上三間、五間房子。我們倉促間只在井台西北搭了一個窩棚。豎起木架，北面築一堵「乾打壘」的泥牆，另外三面的牆用秫秸編成。棚頂也用秫秸，上蓋油氈，下遮塑料布。菜園西北有個磚窰是屬於學部幹校的，窰下散落着許多碎磚。我們揀了兩車來鋪在窩棚的地下，棚裏就不致太潮濕；這裏面還要住人呢。窩棚朝南做了一扇結實的木門，還配上鎖。菜園的班長、一位在菜園班裏的詩人、還有「小牛」——三人就住在這個窩棚裏，順帶看園。我們大家也有了個地方可以歇歇腳。菜畦裏先後都下了種。大部份是白菜和蘿蔔；此外，還有青菜、韭菜、雪裏紅、萵筍、胡蘿蔔、香菜、蒜苗等。可是各連建造的房子——除了最早下放的幾連——都聚在幹校的「中心點」上，離這個菜園稍遠。我們在新屋近旁又分得一塊菜地，壯勞力都到那邊去整地挖溝。舊菜園裏的莊稼不能沒人照看，就叫阿香和我留守。

我們把不包心的白菜一葉葉順序包上，用藤纏住，居然有一部份也長成包心的白菜，只是包得不緊密。阿香能挑兩桶半滿的尿，我就一杯杯舀來澆灌。我們偏愛幾個「象牙蘿蔔」或「太湖蘿蔔」——就是長的白蘿蔔。地面上露出的一寸多，足有小飯碗那麼頊。我們私下說：「咱們且培養尖子！」所以把班長吩咐我們撒在胡蘿蔔地裏的草木灰，全用來肥我們的寶貝。真是寶貝！到收穫的時候，我滿以為泥下該有一尺多長呢，至少也該有大半截。我使足勁兒去拔，用力過猛，撲通跌坐地下，原來泥裏只有幾莖鬚鬚。從來沒見過這麼扁的「長」蘿蔔！有幾個紅蘿蔔還像樣，一般只有鴨兒梨大小。天氣漸轉寒冷，蹲在畦邊鬆土拔草，北風直灌入背心。我們回連吃晚飯，往往天都黑了。那年十二月，新屋落成，全連搬到「中心點」上去；阿香也到新菜地去幹活兒。住窩棚的三人晚上還回舊菜園睡覺，白天只我一人在那兒看守。

班長派我看菜園是照顧我，因為默存的宿舍就在磚窰以北不遠，只不過十多分鐘的路。默存是看守工具的。我的班長常叫我去借工具。借了當然還要還。同夥都笑嘻嘻地看我興沖沖走去走回，借了又還。默存看守工具只管登記，巡夜也和別人輪值，他的專職是通信員，每天下午到村上郵電所去領取報紙、信件、包裹等回連分發。郵電所在我們菜園的東南。默存每天沿着我們菜地東邊的小溪迤邐往南又往東去。他有時繞道到菜地來看我，我們大伙兒就停工歡迎。可是他不敢耽擱時間，也不願常來打攪。我和阿香一同留守菜園的時候，阿香會忽然推我說：「瞧！瞧！誰來了！」默存從郵電所拿了郵件，正迎着我們的菜地走來。我們三人就隔着小溪叫應一下，問答幾句。我一人守園的時候，發現小溪乾涸，可一躍而過；默存可由我們的菜地過溪往郵電所去，不必繞道。這樣，我們老夫婦就經常可在菜園相會，遠勝於舊小說、戲劇裏後花園私相約會的情人了。

默存後來發現，他壓根兒不用跳過小溪，往南去自有石橋通往東岸。每天午後，我可以望見他一腳高、一腳低從磚窰北面跑來。有時風和日麗，我們就在窩棚南面灌水渠岸上坐一會兒曬曬太陽。有時他來晚了，站着說幾句話就走。他三言兩語、斷斷續續、想到就寫的信，可親自撂給我。我常常鎖上窩棚的木門，陪他走到溪邊，再忙忙回來守在菜園裏，目送他的背影漸遠漸小，漸漸消失。他從郵電所回來就急要回連分發信件和報紙，不肯再過溪看我。不過我老遠就能看見他迎面而來；如果忘了什麼話，等他回來可隔溪再說兩句。

在我，這個菜園是中心點。菜園的西南有個大土墩，幹校的人稱為「威虎山」，和菜園西北的磚窰遙遙相對。磚窰以北不遠就是默存的宿舍。「威虎山」以西遠去，是幹校的「中心點」——我們那連的宿舍在

「中心點」東頭。「威虎山」坡下是幹校某連的食堂，我的午飯和晚飯都到那裏去買。西鄰的菜園有房子，我常去討開水喝。南鄰的窩棚裏生着火爐，我也曾去討過開水。因為我只用三塊磚搭個土灶，揀些秫秸燒水；有時風大，點不着火。南去是默存每日領取報紙信件的郵電所。溪以東田野連綿，一望平疇，天邊幾簇綠樹是附近的村落；我曾寄居的楊村還在樹叢以東。我以菜園為中心的日常活動，就好比蜘蛛踞坐菜園裏，圍繞着四周各點吐絲結網；網裏常會留住些瑣細的見聞、飄忽的隨感。

我每天清早吃罷早點，一人往菜園去，半路上常會碰到住窩棚的三人到「中心點」去吃早飯。我到了菜園，先從窩棚木門旁的秫秸裏摸得鑰匙，進門放下隨身攜帶的飯碗之類，就鎖上門，到菜地巡視。胡蘿蔔地在東邊遠處，泥硬土瘠，出產很不如人意。可是稍大的常給人拔去；

拔得匆忙，往往留下一截尾巴，我挖出來𡱁些井水洗淨，留以解渴。鄰近北邊大道的白菜，一旦揑來菜心已長瓷實，就給人斫去，留下一個個斫痕猶新的菜根。一次我發現三四棵長足的大白菜根已斫斷，未及拿走，還端端正正站在畦裏。我們只好不等白菜全部長足，搶先收割。一次我剛繞到窩棚後面，發現三個女人正在拔我們的青菜。她們站起身就跑，不料我追得快，就一面跑一面把青菜拋擲地下。她們籃子裏沒有贓，不怕我追上。其實，追只是我的職責；我倒但願她們把青菜帶回家去吃一頓；我拾了什麼用也沒有。

她們不過是偶然路過。一般出來揀野菜、拾柴草的，往往十來個人一羣，都是七八歲到十二三歲的男女孩子，由一個十六七歲的大姑娘或四五十歲的老大娘帶領着從村裏出來。他們穿的是五顏六色的破衣裳，一手挎着個籃子，一手拿一把小刀或小鐮子。每到一處，就分散為三人一夥、兩人一夥，以揀野菜為名，到處遊弋，見到可揀的就收在籃裏。他們在樹苗林裏斫下樹枝，並不馬上就揀；揀了也並不留在籃裏，只分批藏在道旁溝邊，結扎成一捆一捆。午飯前或晚飯前回家的時候，這隊人背上都馱着大捆柴草，籃子裏也各有所獲。有些大膽的小伙子竟拔了樹苗，捆扎了拋在溪裏，午飯或晚飯前挑着回家。

我們窩棚四周散亂的秫秸早被他們收拾乾淨，廁所的五根木柱逐漸偷剩兩根，後來連一根都不剩了。廁所圍牆的秫秸也越拔越稀，漸及窩棚的秫秸。我總要等背着大捆柴草的一隊隊都走遠了，才敢到「威虎山」坡的食堂去買飯。

一次我們南鄰在菜地上收割白菜。他們人手多，勞力強，幹事又快又利索，和我們菜園班大不相同。我們班裏老弱居多；我們斫呀，拔呀，搬成一堆堆過磅呀，登記呀，裝上車呀，送往「中心點」的廚房呀……大家忙了一天，菜畦裏還留下滿地的老菜幫子。他們那邊不到日落，白菜收割完畢，菜地打掃得乾乾淨淨。有一位老大娘帶着女兒坐在我們窩棚前面，等着揀菜幫子。那小姑娘不時的跑去看，又回來報告收割的進程。最後老大娘站起身說：「去吧！」

小姑娘說：「都掃淨了。」

她們的話，說快了我聽不大懂，只聽得連說幾遍「喂豬」。那老大娘憤然說：「地主都讓揀！」

我就問，那些乾老的菜幫子揀來怎麼吃。

小姑娘說：先煮一鍋水，揉碎了菜葉撒下，把麵糊倒下去，一攪，「可好吃哩！」

我見過他們的「饃」是紅棕色的，麵糊也是紅棕色；不知「可好吃哩」的麵糊是何滋味。我們日常吃的老白菜和苦蘿蔔雖然沒什麼好滋味，「可好吃哩」的滋味卻是我們應該體驗而沒有體驗到的。

我們種的疙瘩菜沒有收成；大的像桃兒，小的只有杏子大小。我收了一堆正在挑選，準備把大的送交廚房。那位老大娘在旁盯着看，問我怎麼吃。我告訴她：醃也行，煮也行。我說：「大的我留，小的送你。」她大喜，連說「好！大的給你，小的給我。」可是她手下卻快，盡把大的往自己籃裏揀。我不和她爭，只等她揀完，從她籃裏揀回一堆大的，換給她兩把小的。她也不抗議，很滿意地回去了。我卻心上抱歉，因為那堆稍大的疙瘩，我們廚房裏後來也沒有用。但我當時不敢隨便送人，也不能開這個例。我在菜園裏拔草間苗，村裏的小姑娘跑來閑看。我學着她們的鄉音，可以和她們攀話。我把細小的綠苗送給她們，她們就幫我拔草。她們稱男人為「大男人」；十二三歲的小姑娘，已由父母之命定下終身。這小姑娘告訴我那小姑娘已有婆家；那小姑娘一面害羞抵賴，一面説這小姑娘也有婆家了。她們都不識字。我寄居的老鄉家比較是富裕的，兩個十歲上下的兒子不用看牛賺錢，都上學；可是他們十七八歲的姊姊卻不識字。她已由父母之命、媒妁之言，和鄰村一位年貌相當的解放軍戰士訂婚。兩人從未見過面。那位解放軍給未婚妻寫了一封信，並寄了照片。他小學程度，相貌是渾樸的莊稼人。姑娘的父母因為和我同姓，稱我為「俺大姑」；他們請我代筆回信。我舉筆半天，想不出一句合適的話；後來還是同屋你一句、我一句拼湊了一封信。那位解放軍連姑娘的照片都沒見過。

村裏十五六歲的大小子，不知怎麼回事，好像成天都閑來無事的，背着個大筐，見什麼，拾什麼。有時七八成羣，把道旁不及胳膊粗的樹拔下，大伙兒用樹幹在地上拍打，「哈！哈！哈！」粗聲訇喝着圍獵野兔。有一次，三四個小伙子闖到菜地裏來大吵大叫。我連忙趕去。他們說菜畦裏有「貓」。「貓」就是兔子。我說：這裏沒有貓。躲在菜葉底下的那頭兔子自知藏身不住，一道光似的直竄出去。兔子跑得快，狗追不上。可是幾條狗在獵人指使下分頭追趕，兔子幾回轉折，給三四條狗團團圍住。只見它縱身一躍有六七尺高，掉下地就給狗咬住。在它縱身一躍的時候，我代它心膽俱碎。從此我聽到「哈！哈！哈！」粗啞的吆喝聲，再也沒有好奇心去觀看。

有一次，那是一九七一年一月三日，下午三點左右，忽有人來，指着菜園以外東南隅兩個墳墩，問我是否幹校的墳墓。隨學部幹校最初下去的幾個拖拉機手，有一個開拖拉機過橋，翻在河裏淹死了。他們問我那人是否埋在那邊。我說不是；我指向遙遠處，告訴了那個墳墓所在。過了一會兒，我看見幾個人在胡蘿卜地東邊的溪岸上挖土，旁邊歇着一輛大車，車上蓋着葦蓆。啊！他們是要埋死人吧？旁邊站着幾個穿軍裝的，想是軍宣隊。

我遠遠望着，刨坑的有三四人，動作都很迅速。有人跳下坑去挖土；後來一個個都跳下坑去。忽有一人向我跑來。我以為他是要喝水；他卻是要借一把鐵鍬，他的鐵鍬柄斷了。我進窩棚去拿了一把給他。

當時沒有一個老鄉在望，只那幾個人在刨坑，忙忙地，急急地。後來，下坑的人只露出腦袋和肩膀了，坑已夠深。他們就從葦蓆下抬出一個穿藍色制服的屍體。我心裏震驚，遙看他們把那死人埋了。

借鐵鍬的人來還我工具的時候，我問他死者是男是女，什麼病死的。他告訴我，他們是某連，死者是自殺的，三十三歲，男。

冬天日短，他們拉着空車回去的時候，已經暮色蒼茫。荒涼的連片菜地裏闃無一人。我慢慢兒跑到埋人的地方，只看見添了一個扁扁的土饅頭。誰也不會注意到溪岸上多了這麼一個新墳。

第二天我告訴了默存，叫他留心別踩那新墳，因為裏面沒有棺材，泥下就是身體。他從郵電所回來，那兒消息卻多，不但知道死者的姓名，還知道死者有妻有子；那天有好幾件行李寄回死者的家鄉。

不久後下了一場大雪。我只愁雪後地塌墳裂，屍體給野狗拖出來。地果然塌下些，墳卻沒有裂開。

整個冬天，我一人獨守菜園。早上太陽剛出，東邊半天雲彩絢爛。遠遠近近的村子裏，一批批老老少少的村裏人，穿着五顏六色的破衣服成羣結隊出來，到我們菜園鄰近分散成兩人一夥、三人一夥，消失各處。等夕陽西下，他們或先或後，又成羣負載而歸。我買了晚飯回菜園，常站在窩棚門口慢慢地吃。晚霞漸漸暗淡，暮靄沉沉，野曠天低，菜地一片昏暗，遠近不見一人，也不見一點燈光。我退入窩棚，只聽得秫秸裏不知多少老鼠在跳踉作耍，枯葉窸窸窣窣地響。我舀些井水洗淨碗匙，就鎖上門回宿舍。

人人都忙着幹活兒，唯我獨閑；閑得慚愧，也閑得無可奈何。我雖然不懂得十八般武藝，也大有魯智深在五台山禪院做和尚之慨。

我住在老鄉家的時候，和同屋夥伴不在一處勞動，晚上不便和她們結隊一起回村。我獨往獨來，倒也自由靈便。而且我喜歡走黑路。打了手電，只能照見四周一小圈地，不知身在何處；走黑路倒能把四周都分辨清楚。我順着荒墩亂石間一條蜿蜒小徑，獨自回村；近村能看到樹叢裏閃出燈光。但有燈光處，只有我一個床位，只有帳子裏狹小的一席地——一個孤寂的歸宿，不是我的家。因此我常記起曾見一幅畫裏，一個老者背負行囊，拄着拐杖，由山坡下一條小路一步步走入自己的墳墓；自己彷彿也就是如此。

過了年，清明那天，學部的幹校遷往明港。動身前，我們菜園班全夥都回到舊菜園來，拆除所有的建築。可拔的拔了，可拆的拆了。拖拉機又來耕地一遍。臨走我和默存偷空同往菜園看一眼，聊當告別。只見窩棚沒了，井台沒了，灌水渠沒了，菜畦沒了，連那個扁扁的土饅頭也不知去向，只剩了滿佈坷垃的一片白地。

四 「小趨」記情

我們菜園班的那位詩人從磚窰裏抱回一頭小黃狗。詩人姓區。偶有人把姓氏的「區」讀如「趨」，阿香就為小狗命名「小趨」。詩人的報復很妙：他不為小狗命名「小香」，卻要它和阿香排行，叫它「阿趨」。可是「小趨」叫來比「阿趨」順口，就叫開了。好在菜園以外的人，並不知道「小趨」原是「小區」。

我們把剩餘的破磚，靠窩棚南邊給「小趨」搭了一個小窩，墊的是秫秸；這個窩又冷又硬。菜地裏縱橫都是水渠，小趨初來就掉入水渠。天氣還暖的時候，我曾一足落水，濕鞋濕襪渥了一天，怪不好受的；瞧小趨滾了一身泥漿，凍得索索發抖，很可憐它。如果窩棚四圍滿地的秫秸是稻草，就可以抓一把為它抹拭一下。秫秸卻太硬，不中用。我們只好把它趕到太陽裏去曬。太陽只是「淡水太陽」，沒有多大暖氣，卻帶着涼颼颼的風。

小趨雖是河南窮鄉僻壤的小狗，在它媽媽身邊，總有點母奶可吃。我們卻沒東西喂它，只好從廚房裏拿些白薯頭頭和零碎的乾饅頭泡軟了喂。我們菜園班裏有一位十分「正確」的老先生。他看見用白麵饅頭（雖然是零星殘塊）喂狗，疾言厲色把班長訓了一頓：「瞧瞧老鄉吃的是什麼？你們拿白麵喂狗！」我們人人抱愧，從此只敢把自己嘴邊省下的白薯零塊來喂小趨。其實，饅頭也罷，白薯也罷，都不是狗的糧食。所以小趨又瘦又弱，老也長不大。

一次阿香滿面扭怩，悄悄在我耳邊說：「告訴你一件事」；說完又怪不好意思地笑個不了。然後她告訴我：「小趨——你知道嗎？——在廁所裏——偷——偷糞吃！！」

我忍不住笑了。我說：「瞧你這副神氣，我還以為是你在那裏偷吃呢！」

阿香很擔心：「吃慣了，怎麼辦？髒死了！」

我說，村子裏的狗，哪一隻不吃屎！我女兒初下鄉，同炕的小娃子拉了一大泡屎在炕蓆上；她急得忙用大量手紙去擦。大娘跑來嗔她糟塌了手紙——也糟蹋了糞。大娘「嚕嚕嚕嚕嚕」一聲喊，就跑來一隻狗，上炕一陣子舔吃，把炕蓆連娃娃的屁股都舔得乾乾淨淨，不用洗，也不用擦。每天早晨，聽到東鄰西舍「嚕嚕嚕嚕嚕」呼狗的聲音，就知道各家娃娃在喂狗呢。

我下了鄉才知道為什麼豬是不潔的動物；因為豬和狗有同嗜。不過豬不如狗有禮讓，只顧貪嘴，全不識趣，會把蹲着的人撞倒。狗只遠遠坐在一旁等待，到了時候，才搖搖尾巴過去享受。我們住在村裏，和村裏的狗不僅成了相識，對它們還有養育之恩呢。

假如豬狗是不潔的動物，蔬菜是清潔的植物嗎？蔬菜是吃了什麼長大的？素食的先生們大概沒有理會。

我告訴阿香，我們對「屢誡不改」和「本性難移」的人有兩句老話。一是：「你能改啊，狗也不吃屎了。」一是：「你簡直是狗對糞缸發誓！」小趨不是洋狗，沒吃過西洋製造的罐頭狗食。它也不如其他各連養的狗；據說他們廚房裏的剩食可以喂狗，所以他們的狗養得膘肥毛潤。我們廚房的剩食只許喂豬，因為豬是生產的一部份。小趨偷食，只不過是解決自己的活命問題罷了。

默存每到我們的菜園來，總拿些帶毛的硬肉皮或帶筋的骨頭來喂小趨。小趨一見他就蹦跳歡迎。一次，默存帶來兩個臭蛋——不知誰扔掉的。他對着小趨「啪」一扔，小趨連吃帶舔，蛋殼也一屑不剩。我獨自一人看園的時候，小趨總和我一同等候默存。它遠遠看見默存從磚窰北面跑來，就迎上前去，跳呀、蹦呀、叫呀、拼命搖尾巴呀，還不足以表達它的歡忻，特又饒上個打滾兒；打完一滾，又起來搖尾蹦跳，然後又就地打個滾兒。默存大概一輩子也沒受到這麼熱烈的歡迎。他簡直無法向前邁步，得我喊着小趨讓開路，我們三個才一同來到菜地。

我有一位同事常對我講他的寶貝孫子。據說他那個三歲的孫子迎接爺爺回家，歡呼跳躍之餘，竟倒地打了個滾兒。他講完笑個不了。我也覺得孩子可愛，只是不敢把他的孫子和小趨相比。但我常想：是狗有人性呢？還是人有狗樣兒？或者小娃娃不論是人是狗，都有相似處？

小趨見了熟人就跟隨不捨。我們的連搬往「中心點」之前，我和阿香每次回連吃飯，小趨就要跟。那時候它還只是一隻娃娃狗，相當於學步的孩子，走路滚呀滚的動人憐愛。我們怕它走累了，不讓它跟，總把它塞進狗窩，用磚堵上。一次晚上我們回連，已經走到半路，忽發現小趨偷偷兒跟在後面，原來它已破窩而出。那天是雨後，路上很不好走。我們呵罵，它也不理。它滚呀滚地直跟到我們廚房兼食堂的席棚裏。大家都愛而憐之，各從口邊省下東西來喂它。小趨飽吃了一餐，跟着菜園班長回菜地。那是它第一次出遠門。

我獨守菜園的時候，起初是到默存那裏去吃飯。狗窩關不住小趨，我得把它鎖在窩棚裏。一次我已經走過磚窰，回頭忽見小趨偷偷兒遠遠地跟着我呢。它顯然是從窩棚的秫秸牆裏鑽了出來。我呵止它，它就站住不動。可是我剛到默存的宿舍，它跟腳也來了；一見默存，快活得大蹦大跳。同屋的人都喜愛娃娃狗，爭把自己的飯食喂它。小趨又飽餐了一頓。

小趨先不過是歡迎默存到菜園來，以後就跟隨不捨，但它只跟到溪邊就回來。有一次默存走到老遠，發現小趨還跟在後面。他怕走累了小狗，捉住它送回菜園，叫我緊緊按住，自己趕忙逃跑。誰知那天他領了郵件回去，小趨已在他宿舍門外等候，跳躍着嗚嗚歡迎。它迎到了默存，又回菜園來陪我。

我們全連遷往「中心點」以後，小趨還靠我們班長從食堂拿回的一點剩食過日子，很不方便。所以過了一段時候，小趨也搬到「中心點」上去了。它近着廚房，總有些剩餘的東西可吃；不過它就和舊菜地失去了聯繫。我每天回宿舍晚，也不知它的窩在哪裏。連裏有許多人愛狗；但也有人以為狗只是資產階級夫人小姐的玩物。所以我待小趨向來只是淡淡的，從不愛撫它。小趨不知怎麼早就找到了我住的房間。我晚上回屋，旁人常告訴我：「你們的小趨來找過你幾遍了。」我感它相念，無以為報，常攢些骨頭之類的東西喂它，表示點兒意思。以後我每天早上到菜園去，它就想跟。我喝住它，一次甚至揀起泥塊擲它，它才站住了，只遠遠望着我。有一天下小雨，我獨坐在窩棚內，忽聽得「嗚」一聲，小趨跳進門來，高興得搖着尾巴叫了幾聲，才傍着我趴下。它找到了由「中心點」到菜園的路！

我到默存處吃飯，一餐飯再加路上來回，至少要半小時。我怕菜園沒人看守，經常在「威虎山」坡下某連食堂買飯。那兒離菜園只六七分鐘的路。小趨來作客，我得招待它吃飯。平時我吃半份飯和菜，那天我買了正常的一份，和小趨分吃。食堂到菜園的路雖不遠，一路的風很冷。兩手捧住飯碗也擋不了寒，飯菜總吹得冰涼，得細嚼緩吞，用嘴裏的暖氣來加溫。小趨哪裏等得及我吃完了再喂它呢，不停的只顧蹦跳着討吃。我得把飯碗一手高高擎起，舀一匙飯和菜倒在自己嘴裏，再舀一匙倒在紙上，送與小趨；不然它就不客氣要來舔我的碗匙了。我們這樣分享了晚餐，然後我洗淨碗匙，收拾了東西，帶着小趨回「中心點」。

可是小趨不能保護我，反得我去保護它。因為短短兩三個月內，它已由娃娃狗變成小姑娘狗。「威虎山」上堆藏着木材等東西，養一頭猛狗名「老虎」；還有一頭灰狗也不弱。它們對小趨都有愛慕之意。小趨還小，本能地怕它們。它每次來菜園陪我，歸途就需我呵護，喝退那兩隻大狗。我們得沿河走好一段路。我走在高高的堤岸上，小趨乖覺地沿河在坡上走，可以藏身。過了橋走到河對岸，小趨才得安寧。

幸虧我認識那兩條大狗——我蓄意結識了它們。有一次我晚飯吃得太慢了，鎖上窩棚，天色已完全昏黑。我剛走上西邊的大道，忽聽得「嗚——wu wu wu wu……」，只見面前一對發亮的眼睛，接着看見一隻大黑狗，拱着腰，仰臉猙獰地對着我。它就是「老虎」，學部幹校最猛的狗。我住在老鄉家的時候，晚上回村，有時迷失了慣走的路，腳下偶一趔趄，村裏的狗立即汪汪亂叫，四方竄來；就得站住腳，學着老鄉的聲調喝一聲「狗！」——據說村裏的狗沒有各別的名字——它們會慢慢退去。「老虎」不叫一聲直躥前來，確也嚇了我一跳。但我出於習慣，站定了喝一聲「老虎！」它居然沒撲上來，只「wu wu wu wu……」低吼着在我腳邊嗅個不了，然後才慢慢退走。以後我買飯碰到「老虎」，總叫它一聲，給點兒東西吃。灰狗我忘了它的名字，它和「老虎」是同夥。我見了它們總招呼，並牢記着從小聽到的教導：對狗不能矮了氣勢。我大約沒讓它們看透我多麼軟弱可欺。

我們遷居「中心點」之後，每晚輪流巡夜。各連方式不同。我們連裏一夜分四班，每班二小時。第一班是十點到十二點，末一班是早上四點到六點；這兩班都是照顧老弱的，因為遲睡或早起，比打斷了睡眠半夜起床好受些。各班都二人同巡，只第一班單獨一人，據説這段時間比較安全，偷竊最頻繁是在凌晨三四點左右。單獨一人巡夜，大家不甚踴躍。我願意晚睡，貪圖這一班，也沒人和我爭。我披上又長又大的公家皮大衣，帶個手電筒，十點熄燈以後，在宿舍四周巡行。巡行的範圍很廣：從北邊的大道繞到幹校放映電影的廣場，沿着新菜園和豬圈再繞回來。熄燈十多分鐘以後，四周就寂無人聲。一個人在黑地裏打轉，時間過得很慢很慢。可是我有時不止一人，小趨常會「嗚嗚」兩聲，躥到我腳邊來陪我巡行幾周。

小趨陪我巡夜，每使我記起清華「三反」時每晚接我回家的小貓「花花兒」。我本來是個膽小鬼；不問有鬼無鬼，反正就是怕鬼。晚上別説黑地裏，便是燈光雪亮的地方，忽然間也會膽怯，不敢從東屋走到西屋。可是「三反」中整個人徹底變了，忽然不再怕什麼鬼。系裏每晚開會到十一二點，我獨自一人從清華的西北角走回東南角的宿舍。路上有幾處我向來特別害怕，白天一人走過，或黃昏時分有人做伴，心上都寒凜凜地。「三反」時我一點不怕了。那時候默存借調在城裏工作，阿圓在城裏上學，住宿在校，家裏的女傭早已入睡，只花花兒每晚在半路上的樹叢裏等着我回去。它也像小趨那樣輕輕地「嗚」一聲，就躥到我腳邊，兩隻前腳在我腳踝上輕輕一抱——假如我還膽怯，准給它嚇壞——然後往前躥一丈路，又回來迎我，又往前躥，直到回家，才坐在門口仰頭看我掏鑰匙開門。小趨比花花兒馴服，只緊緊地跟在腳邊。它陪伴着我，我卻在想花花兒和花花兒引起的舊事。自從搬家走失了這隻貓，我們再不肯養貓了。如果記取佛家「不三宿桑下」之戒，也就不該為一隻公家的小狗留情。可是小趨好像認定了我做主人——也許只是我拋不下它。

一次，我們連裏有人騎自行車到新蔡。小趨跟着車，直跑到新蔡。那位同志是愛狗的，特地買了一碗麵請小趨吃；然後把它裝在車兜裏帶回家。可是小趨累壞了，躺下奄奄一息，也不動，也不叫，大家以為它要死了。我從菜園回來，有人對我說：「你們的小趨死了，你去看看它呀。」我跟他跑去，才叫了一聲小趨，它認得聲音，立即跳起來，汪汪地叫，連連搖尾巴。大家放心說：「好了！好了！小趨活了！」小趨不知道居然有那麼多人關心它的死活。

過年廚房裏買了一隻狗，烹狗肉吃，因為比豬肉便宜。有的老鄉愛狗，捨不得賣給人吃。有的肯賣，卻不忍心打死它。也有的肯親自打死了賣。我們廚房買的是打死了的。據北方人說，煮狗肉要用硬柴火，煮個半爛，蘸葱泥吃——不知是否魯智深吃的那種？我們廚房裏依阿香的主張，用濃油赤醬，多加葱薑紅燒。那天我回連吃晚飯，特買了一份紅燒狗肉嘗嘗，也請別人嘗嘗。肉很嫩，也不太瘦，和豬的精肉差不多。據大家說，小趨不肯吃狗肉，生的熟的都不吃。據區詩人說，小趨銜了狗肉，在泥地上扒了個坑，把那塊肉埋了。我不信詩人的話，一再盤問，他一口咬定親見小趨叼了狗肉去埋了。可是我仍然相信那是詩人的創造。

忽然消息傳來，幹校要大搬家了。領導說，各連養的狗一律不准帶走。我們搬家前已有一隊解放軍駐在「中心點」上。阿香和我帶着小趨去介紹給他們，說我們不能帶走，求他們照應。解放軍戰士說：「放心，我們會養活它；我們很多人愛小牲口。」阿香和我告訴他小狗名「小趨」，還特意叫了幾聲「小趨」，讓解放軍知道該怎麼稱呼。

我們搬家那天，亂哄哄的，誰也沒看見小趨，大概它找伴兒遊玩去了。我們搬到明港後，有人到「中心點」去料理些未了的事，回來轉述那邊人的話：「你們的小狗不肯吃食，來回來回的跑，又跑又叫，滿處尋找。」小趨找我嗎？找默存嗎？找我們連裏所有關心它的人嗎？我們有些人懊悔沒學別連的樣，乾脆違反紀律，帶了狗到明港。可是帶到明港的狗，終究都趕走了。

默存和我想起小趨，常說：「小趨不知怎樣了？」

默存說：「也許已經給人吃掉，早變成一堆大糞了。」

我說：「給人吃了也罷。也許變成一隻老母狗，揀些糞吃過日子，還要養活一窩又一窩的小狗……」

五　冒險記幸

在息縣上過幹校的，誰也忘不了息縣的雨——灰濛濛的雨，籠罩人間；滿地泥漿，連屋裏的地也潮濕得想變漿。儘管泥路上經太陽曬乾的車轍像刀刃一樣堅硬，害我們走得腳底起泡，一下雨就全化成爛泥，滑得站不住腳，走路拄着拐杖也難免滑倒。我們寄居各村老鄉家，走到廚房吃飯，常有人滾成泥團子。廚房只是個葦棚；旁邊另有個葦棚存放車輛和工具。我們端着飯碗盡量往兩個葦棚裏擠。棚當中，地較乾；站在邊緣不僅泥濘，還有雨絲颼颼地往裏撲。但不論站在葦棚的中央或邊緣，頭頂上還點點滴滴漏下雨來。吃完飯，還得踩着爛泥，一滑一跌到井邊去洗碗。回村路上如果打破了熱水瓶，更是無法彌補的禍事，因為當地買不到，也不能由北京郵寄。唉！息縣的雨天，實在叫人鼓不起勁來。

一次，連着幾天下雨。我們上午就在村裏開會學習，飯後只核心或骨幹人員開會，其餘的人就放任自流了。許多人回到寄寓的老鄉家，或寫信，或縫補，或趕做冬衣。我住在副隊長家裏，雖然也是六面泥的小房子，卻比別家講究些，朝南的泥牆上還有個一尺寬、半尺高的窗洞。我們糊上一層薄紙，又擋風，又透亮。我的床位在沒風的暗角落裏，伸手不見五指，除了晚上睡覺，白天呆不住。屋裏只有窗下那一點微弱的光，我也不願佔用。況且雨裏的全副武裝——雨衣、雨褲、長統雨鞋，都沾滿泥漿，脱換費事；還有一把水淋淋的雨傘也沒處掛。我索性一手打着傘，一手拄着拐棍，走到雨裏去。

我在蘇州故居的時候最愛下雨天。後園的樹木，雨裏綠葉青翠欲滴，鋪地的石子沖洗得光潔無塵；自己覺得身上清潤，心上潔淨。可是息縣的雨，使人覺得自己確是黃土捏成的，好像連骨頭都要化成一堆爛泥了。我踏着一片泥海，走出村子；看看錶，才兩點多，忽然動念何不去看看默存。我知道擅自外出是犯規，可是這時候不會吹號、列隊、點名。我打算偷偷兒抄過廚房，直奔西去的大道。

連片的田裏都有溝；平時是乾的，積雨之後，成了大大小小的河渠。我走下一座小橋，橋下的路已淹在水裏，和溝水匯成一股小河。但只差幾步就跨上大道了。我不甘心後退，小心翼翼，試探着踩過靠岸的淺水；雖然有幾腳陷得深些，居然平安上坡。我回頭看看後無追兵，就直奔大道西去，只心上切記，回來不能再走這條路。

泥濘裏無法快走，得步步着實。雨鞋愈走愈重；走一段路，得停下用拐杖把鞋上沾的爛泥撥掉。雨鞋雖是高統，一路上的爛泥粘得變成

「膠力士」，爭着為我脫靴；好幾次我險些把雨鞋留在泥裏。而且不知從哪裏搓出來不少泥丸子，會落進高統的雨鞋裏去。我走在路南邊，就覺得路北邊多幾莖草，可免滑跌；走到路北邊，又覺得還是南邊草多。這是一條坦直的大道，可是將近磚窰，有二三丈路基塌陷。當初我們菜園挖井，阿香和我推車往菜地送飯的時候，到這裏就得由阿香推車下坡又上坡。連天下雨，這裏一片汪洋，成了個清可見底的大水塘。中間有兩條堤岸；我舉足踹上堤岸，立即深深陷下去；原來那是大車拱起的輪轍，浸了水是一條「酥堤」。我跋涉到此，雖然走的是平坦大道，也大不容易，不願廢然而返。水並不沒過靴統，還差着一二寸。水底有些地方是沙，有些地方是草；沙地有軟有硬，草地也有軟硬。我拄着拐杖一步一步試探着前行，想不到竟安然渡過了這個大水塘。

上坡走到磚窰，就該拐彎往北。有一條小河由北而南，流到磚窰坡下，稍一渟洄，就泛入窰西低窪的荒地裏去。坡下那片地，平時河水婉蜒而過，雨後水漲流急，給沖成一個小島。我沿河北去，只見河面愈來愈廣。默存的宿台在河對岸，是幾排灰色瓦房的最後一排。我到那裏一看，河寬至少一丈。原來的一架四五尺寬的小橋，早已沖垮，歪歪斜斜浮在下游水面上。雨絲綿綿密密，把天和地都連成一片；可是面前這一道丈許的河，卻隔斷了道路。我在東岸望着西岸，默存住的房間更在這排十幾間房間的最西頭。我望着望着，不見一人；忽想到假如給人看見，我豈不成了笑話。沒奈何，我只得踏着泥濘的路，再往回走；一面走，一面打算盤。河愈南去愈窄，水也愈急。可是如果到磚窰坡下跳上小島，跳過河去，不就到了對岸嗎？那邊看去盡是亂石荒墩，並沒有道路，可是地該是連着的，沒有河流間隔。但河邊泥滑，穿了雨靴不如穿布鞋靈便；小島的泥土也不知是否堅固。我回到那裏，伸過拐杖去扎那個小島，泥土很結實。我把拐杖扎得深深地，攀着杖跳上小島，又如法跳到對岸。一路坑坑坡坡，一腳泥、一腳水，歷盡千難萬阻，居然到了默存宿舍的門口。

我推門進去，默存吃了一驚。

「你怎麼來了？」

我笑說：「來看看你。」

默存急得直怪我胡鬧，催促我回去。我也不敢逗留，因為我看過錶，一路上費的時候比平時多一倍不止。我又怕小島愈沖愈小，我就過不得河了。灰濛濛的天，再昏暗下來，過那片水塘就難免陷入泥裏去。

恰巧有人要過磚窯往西到「中心點」去辦事。我告訴他說，橋已沖垮。他說不要緊，南去另有出路。我就跟他同走。默存穿上雨鞋，打着雨傘，送了我們一段路。那位同志過磚窰往西，我就往東。好在那一路都是剛剛走過的，只需耐心、小心，不妨大着膽子。我走到我們廚房，天已經昏黑。晚飯已過，可是蓆棚裏還有燈火，還有人聲。我做賊也似的悄悄掠過廚房，泥濘中用最快的步子回屋。

我再也記不起我那天的晚飯是怎麼吃的；記不起是否自己保留了半個饅頭，還是默存給我吃了什麼東西；也記不起是否餓了肚子。我只自幸沒有掉在河裏，沒有陷入泥裏，沒有滑跌，也沒有被領導抓住；便是同屋的夥伴，也沒有覺察我幹了什麼反常的事。

入冬，我們全連搬進自己蓋的新屋，軍宣隊要讓我們好好過個年，吃一餐豐盛的年夜飯，免得我們苦苦思家。

外文所原是文學所分出來的。我們連裏有幾個女同志的「老頭兒」（默存就是我的「老頭兒」——不管老不老，丈夫就叫「老頭兒」）在他們連裏，我們連裏同意把幾位「老頭兒」請來同吃年夜飯。廚房裏的烹調能手各顯奇能，做了許多菜：熏魚、醬雞、紅燒豬肉、咖喱牛肉等等應有盡有；還有涼拌的素菜，都很可口。默存欣然加入我們菜園一夥，圍着一張長方大桌子吃了一餐盛饌。小趨在桌子底下也吃了個撐腸拄腹；我料想它尾巴都搖酸了。記得默存六十周歲那天，我也附帶慶祝自己的六十虛歲，我們只開了一罐頭紅燒雞。那天我雖放假，他卻不放假。放假吃兩餐，不放假吃三餐。我吃了早飯到他那裏，中午還吃不了飯，卻又等不及吃晚飯就得回連，所以只勉強啃了幾口饅頭。這番吃年夜飯，又有好菜，又有好酒；雖然我們倆不喝酒，也和旁人一起陶然忘憂。晚飯後我送他一程，一路走一路閑談，直到拖拉機翻倒河裏的橋邊，默存說：「你回去吧。」他過橋北去，還有一半路。

那天是大雪之後，大道上雪已融化，爛泥半乾，踩在腳下軟軟的，也不滑，也不硬。可是橋以北的小路上雪還沒化。天色已經昏黑，我怕默存近視眼看不清路——他向來不會認路——乾脆直把他送回宿舍。

雪地裏，路徑和田地連成一片，很難分辨。我一路留心記住一處處的標誌，例如哪個轉角處有一簇幾棵大樹、幾棵小樹，樹的枝葉是什麼姿致；什麼地方，路是斜斜地拐；什麼地方的雪特別厚，那是田邊的溝，面上是雪，踹下去是半融化的泥漿，歸途應當迴避等等。

默存屋裏已經燈光雪亮。我因為時間不早，不敢停留，立即辭歸。一位年輕人在旁說：天黑了，我送你回去吧。我想這是大年夜，他在暖融融的屋裏，說說笑笑正熱鬧，叫他衝黑冒寒送我，是不情之請。所以我說不必，我認識路。默存給他這麼一提，倒不放心了。我就吹牛說：「這條路，我哪天不走兩遍！況且我帶着個很亮的手電筒呢，不怕的。」其實我每天來回走的路，只是北岸的堤和南岸的東西大道。默存也不知道不到半小時之間，室外的天地已經變了顏色，那一路上已不復是我們同歸時的光景了。而且回來朝着有燈光的房子走，容易找路；從亮處到黑地裏去另是一回事。我堅持不要人送，他也不再勉強。他送我到燈光所及的地方，我就叫他回去。

我自恃慣走黑路，站定了先辨辨方向。有人說，女同志多半不辨方向。我記得哪本書上說，女人和母雞，出門就迷失方向。這也許是侮辱了女人。但我確是個不辨方向的動物，往往「欲往城南望城北」。默存雖然不會認路，我卻靠他辨認方向。這時我留意辨明方向：往西南，斜斜地穿出樹林，走上林邊大道；往西，到那一簇三五棵樹的地方，再往南拐；過橋就直奔我走熟的大道回宿舍。

可是我一走出燈光所及的範圍，便落入一團昏黑裏。天上沒一點星光，地下只一片雪白；看不見樹，也看不見路。打開手電筒，只照見遠遠近近的樹幹。我讓眼睛在黑暗裏習慣一下，再睜眼細看，只見一團昏黑，一片雪白。樹林裏那條蜿蜒小路，靠宿舍裏的燈光指引，暮色蒼茫中依稀還能辨認，這時完全看不見了。我幾乎想退回去請人送送。可是再一轉念：遍地是雪，多兩隻眼睛亦未必能找出路來；況且人家送了我回去，還得獨自回來呢，不如我一人闖去。

我自信四下觀望的時候腳下並沒有移動。我就硬着頭皮，約莫朝西南方向，一納頭走進黑地裏去。假如太往西，就出不了樹林；我寧可偏向南走。地下看着雪白，踩下去卻是泥漿。幸虧雪下有些秫秸稈兒、斷草繩、落葉之類，倒也不很滑。我留心只往南走，有樹擋住，就往西讓。我回頭望望默存宿舍的燈光，已經看不見了，也不知身在何處。走了一回，忽一腳踩個空，栽在溝裏，嚇了我一大跳；但我隨即記起林邊大道旁有個又寬又深的溝，這時撞入溝裏，不勝忻喜，忙打開手電筒，找到個可以上坡的地方，爬上林邊的大道。

大道上沒雪，很好走，可以放開步子；可是得及時往南拐彎。如果一直走，便走到「中心點」以西的鄰村去了。大道兩旁植樹，十幾步一棵。我只見樹幹，看不見枝葉，更看不見樹的什麼姿致。來時所認的標誌，一無所見。我只怕錯失了拐彎處，就找不到拖拉機翻身的那座橋。遲拐彎不如早拐彎——拐遲了走入連片的大田，就夠我在裏面轉個通宵了，所以我看見有幾棵樹聚近在一起，就忙拐彎往南。

一離開大道，我又失去方向；走了幾步，發現自己在秫秸叢裏。我且直往前走。只要是往南，總會走到河邊；到了河邊，總會找到那座橋。

我曾聽說，有壞人黑夜躲在秫秸田裏；我也怕野狗聞聲躥來，所以機伶着耳朵，聽着四周的動靜輕悄悄地走，不拂動兩旁秫秸的枯葉。腳下很泥濘，卻不滑。我五官並用，只不用手電筒。不知走了多久，忽見前面橫着一條路，更前面是高高的堤岸。我終於到了河邊！只是雪地又加黑夜，熟悉的路也全然陌生，無法分辨自己是在橋東還是橋西。——因為橋西也有高高的堤岸。假如我已在橋西，那條河愈西去愈寬，要走到「中心點」西頭的另一個磚窰，才能轉到河對岸，然後再折向東去找自己的宿舍。聽說新近有個幹校學員在那個磚窰裏上吊死了。幸虧我已經不是原先的膽小鬼，否則橋下有人淹死，窰裏有人吊死，我只好徘徊河邊嚇死。我估計自己性急，一定是拐彎過早，還在橋東，所以且往西走；一路找去，果然找到了那座橋。

過橋雖然還有一半路，我飛步疾行，一會兒就到家了。

「回來了？」同屋的夥伴兒笑臉相迎，好像我才出門走了幾步路。在燈光明亮的屋裏，想不到昏黑的野外另有一番天地。

一九七一年早春，學部幹校大搬家，由息縣遷往明港某團的營房。

幹校的任務，由勞動改為「學習」——學習階級鬥爭吧？有人不解「學部」指什麼，這時才恍然：「學部」就是「學習部」。

看電影大概也算是一項學習，好比上課，誰也不准逃學（默存因眼睛不好，看不見，得以豁免）。放映電影的晚上，我們晚飯後各提馬扎兒，列隊上廣場。各連有指定的地盤，各人挨次放下馬扎兒入座。有時雨後，指定的地方泥濘，馬扎兒只好放在爛泥上；而且保不定天又下雨，得帶着雨具。天熱了，還有防不勝防的大羣蚊子。不過上這種課不用考試。我睜眼就看看，閉眼就歇歇。電影只那麼幾部，這一回閉眼沒看到的部份，盡有機會以後補看。回宿舍有三十人同屋，大家七嘴八舌議論，我只需旁聽，不必洩漏自己的無知。

一次我看完一場電影，隨着隊伍回宿舍。我睜着眼睛繼續做我自己的夢，低頭只看着前人的腳跟走。忽見前面的隊伍漸漸分散，我到了宿舍的走廊裏，但不是自己的宿舍。我急忙退回隊伍，隊伍只剩個尾巴了；一會兒，這些人都紛紛走進宿舍去。我不知道自己的宿舍何在，連問幾人，都說不知道。他們各自忙忙回屋，也無暇理會我。我忽然好比流落異鄉，舉目無親。

抬頭只見滿天星斗。我認得幾個星座；這些星座這時都亂了位置。我不會借星座的位置辨認方向，只憑顛倒的位置知道離自己的宿舍很遠了。營地很大，遠遠近近不知有多少營房，裏面都亮着燈。營地上縱橫曲折的路，也不知有多少。營房都是一個式樣，假如我在縱橫曲折的路上亂跑，一會兒各宿舍熄了燈，更無從尋找自己的宿舍了。目前只有一法：找到營房南邊鋪石塊的大道，就認識歸路。放映電影的廣場離大道不遠，我錯到的陌生宿舍，估計離廣場也不遠；營房大多南向，北斗星在房後——這一點我還知道。我只要背着這個宿舍往南去，尋找大道；即使繞了遠路，總能找到自己的宿舍。

我怕耽誤時間，不及隨着小道曲折而行，只顧抄近，直往南去；不防走進了營地的菜圃。營地的菜圃不比我們在息縣的菜圃。這裏地肥，滿畦密密茂茂的菜，蓋沒了一畦畦的分界。我知道這裏每一二畦有一眼漚肥的糞井；井很深。不久前，也是看電影回去，我們連裏一位高個兒年輕人失足落井。他爬了出來，不顧寒冷，在「水房」——我們的盥洗室——沖洗了好半天才悄悄回屋，沒鬧得人人皆知。我如落井，諒必一沉到底，呼號也沒有救應。冷水沖洗之厄，壓根兒可不必考慮。

我當初因為跟着隊伍走不需手電筒，並未注意換電池。我的手電筒昏暗無光，只照見滿地菜葉，也不知是什麼菜。我想學豬八戒走冰的辦法，雖然沒有扁擔可以橫架肩頭，我可以橫抱着馬扎兒，擴大自己的身軀。可是如果我掉下半身，呼救無應，還得掉下糞井。我不敢再胡思亂想，一手提馬扎兒，一手打着手電筒，每一步都得踢開菜葉，緩緩落腳，心上雖急，卻戰戰兢兢，如臨深淵，一步不敢草率。好容易走過這片菜地，過一道溝仍是菜地。簡直像夢魔似的，走呀、走呀，總走不出這片菜地。

幸虧方向沒錯，我出得菜地，越過煤渣鋪的小道，越過亂草、石堆，終於走上了石塊鋪的大路。我立即拔步飛跑，跑幾步，走幾步，然後轉北，一口氣跑回宿舍。屋裏還沒有熄燈，末一批上廁所的剛回房，可見我在菜地裏走了不到二十分鐘。好在沒走冤枉路，我好像只是上了廁所回屋，誰也沒有想到我會睜着眼睛跟錯隊伍。假如我掉在糞井裏，幾時才會被人發現呢？

我睡在硬梆梆、結結實實的小床上，感到享不盡的安穩。

有一位比我小兩歲的同事，晚飯後乖乖地坐在馬扎上看電影，散場時他因腦溢血已不能動彈，救治不及，就去世了。從此老年人可以免修晚上的電影課。我常想，假如我那晚在陌生的宿舍前叫喊求救，是否可讓老年人早些免修這門課呢？只怕我的叫喊求救還不夠悲劇，只能成為反面教材。

所記三事，在我，就算是冒險，其實說不上什麼險；除非很不幸，才會變成險。

六　誤傳記妄

我寄寓楊村的時候，房東家的貓兒給我來了個惡作劇。我們屋裏晚上點一隻油盞，掛在門口牆上。我的床離門最遠，幾乎全在黑影裏。有一晚，我和同屋夥伴兒在井邊洗漱完畢，回房睡覺，忽發現床上有兩堆東西。我幸未冒冒失失用手去摸，先打開手電筒一照，只見血淋淋一隻開膛破肚的死鼠，旁邊是一堆粉紅色的內臟。我們誰也不敢拿手去拈。我戰戰兢兢移開枕被，和同伴提着床單的四角，把死鼠抖在後院漚肥的垃圾堆上。第二天，我大老清早就起來洗單子，汲了一桶又一桶的井水，洗了又洗，曬乾後又洗，那血跡好像永遠洗不掉。

我遇見默存，就把這樁倒霉事告訴他，說貓兒「以腐鼠『餉』我」。

默存安慰我說：「這是吉兆，也許你要離開此處了。死鼠內臟和身軀分成兩堆，離也；鼠者，處也。」我聽了大笑，憑他運用多麼巧妙的圓夢術或拆字法，也不能叫我相信他為我編造的好話。我大可仿效大字報上的語調，向他大喝一聲：「你的思想根源，昭然若揭！想離開此地嗎？休想！」說真話，他雖然如此安慰我，我們都懂得「自由是規律的認識」；明知這扇門牢牢鎖着呢，推它、撞它也是徒然。

這年年底，默存到菜園來相會時，告訴我一件意外的傳聞。

默存在郵電所，幫助那裏的工作同志辨認難字，尋出偏僻的地名，解決不少問題，所以很受器重，經常得到茶水款待。當地人稱煮開的水為「茶」，款待他的卻真是茶葉沏的茶。那位同志透露了一個消息給他。據說北京打電報給學部幹校，叫幹校遣送一批「老弱病殘」回京，「老弱病殘」的名單上有他。

我喜出望外。默存若能回家，和阿圓相依為命，我一人在幹校就放心釋慮；而且每年一度還可以回京探親。當時雙職工在息縣幹校的，儘管夫妻不在一處，也享不到這個權利。

過了幾天，他從郵電所領了郵件回來，破例過河來看我，特來報告他傳聞的話：回北京的「老弱病殘」，批准的名單下來了，其中有他。我已在打算怎樣為他收拾行李，急煎煎只等告知動身的日期。過了幾天，他來看我時臉上還是靜靜的。我問：

「還沒有公佈嗎？」

公佈了。沒有他。

他告訴我回京的有誰、有誰。我的心直往下沉。沒有誤傳，不會妄生希冀，就沒有失望，也沒有苦惱。

我陪他走到河邊，回到窩棚，目送他的背影漸遠漸小，心上反覆一思忖。

默存比別人「少壯」嗎？我背誦着韓愈《八月十五夜贈張功曹》詩：「赦書一日行千里……州家申名使家抑」，感觸萬端。

我第一念就想到了他檔案袋裏的黑材料。這份材料若沒有「偉大的文化大革命」，我們永遠也不會知道。

「文化大革命」初期，有幾人聯名貼出大字報，聲討默存輕蔑領導的著作。略知默存的人看了就說：錢某要說這話，一定還說得俏皮些；這語氣就不像。有人向我通風報信；我去看了大字報不禁大怒。我說捕風捉影也該有個風、有個影，不能這樣無因無由地栽人。我們倆各從牛棚回家後，我立即把這事告知默存。我們同擬了一份小字報，提供一切線索請實地調查；兩人忙忙吃完晚飯，就帶了一瓶漿糊和手電筒到學部去，把這份小字報貼在大字報下面。第二天，我為此着實挨了一頓鬥。可是事後知道，大字報所控確有根據：有人告發錢某說了如此這般的話。這項「告發」顯然未經證實就入了檔案。實地調查時，那「告發」的人否認有此告發。紅衛兵的調查想必徹底，可是查無實據。默存下幹校之前，軍宣隊認為「告發」的這件事情節嚴重，雖然查無實據，料必事出有因，命默存寫一份自我檢討。默存只好婉轉其辭、不着邊際地檢討了一番。我想起這事還心上不服。過一天默存到菜園來，我就說：「必定是你的黑材料作祟。」默存說我無聊，事情已成定局，還管它什麼作祟。我承認自己無聊：妄想已屬可笑，還念念在心，灑脫不了。

回京的人動身那天，我們清早都跑到廣場沿大道的那裏去歡送。客裏送人歸，情懷另是一般。我悵然望着一輛輛大卡車載着人和行李開走，忽有女伴把我胳膊一扯說：「走！咱們回去！」我就跟她同回宿舍；她長歎一聲，欲言又止。我們各自回房。

回家的是老弱病殘。老弱病殘已經送回，留下的就死心塌地，一輩子留在幹校吧。我獨往菜園去，忽然轉念：我如送走了默存，我還能領會「咱們」的心情嗎？只怕我身雖在幹校，心情已自不同，多少已不是「咱們」中人了。我想到解放前夕，許多人惶惶然往國外跑，我們倆為什麼有好幾條路都不肯走呢？思想進步嗎？覺悟高嗎？默存常引柳永的詞：「衣帶漸寬終不悔，為伊消得人憔悴。」我們只是捨不得祖國，撇不下「伊」——也就是「咱們」或「我們」。儘管億萬「咱們」或「我們」中人素不相識，終歸同屬一體，痛癢相關，息息相連，都是甩不開的自己的一部份。我自慚誤聽傳聞，心生妄念，只希望默存回京和阿圓相聚，且求獨善我家，不問其他。解放以來，經過九蒸九焙的改造，我只怕自己反不如當初了。

默存過菜園，我指着窩棚說：「給咱們這樣一個棚，咱們就住下，行嗎？」

默存認真想了一下說：「沒有書。」

真的，什麼物質享受，全都罷得；沒有書卻不好過日子。他箱子裏只有字典、筆記本、碑帖等等。

我問：「你悔不悔當初留下不走？」

他說：「時光倒流，我還是照老樣。」

默存向來抉擇很爽快，好像未經思考的；但事後從不游移反覆。我不免思前想後，可是我們的抉擇總相同。既然是自己的選擇，而且不是盲目的選擇，到此也就死心塌地，不再生妄想。

幹校遷往明港，默存和我的宿舍之間，只隔着一排房子，來往只需五六分鐘。我們住的是玻璃窗、洋灰地的大瓦房。伙食比我們學部食堂的好。廁所不復是葦牆淺坑，上廁也不需排隊了，居處寬敞，箱子裏帶的工具書和筆記本可以拿出來閱讀。阿圓在京，不僅源源郵寄食物，還寄來各種外文報刊。同夥暗中流通的書，都值得再讀。宿舍四周景物清幽，可資流連的地方也不少，我們倆每天黃昏一同散步，更勝於菜園相會。我們既不勞體力，也不動腦筋，深慚無功食祿；看着大批有為的青年成天只是開會發言，心裏也暗暗着急。

幹校實在不幹什麼，卻是不准離開。火車站只需一小時多的步行就能到達，但沒有軍宣隊的證明，買不到火車票。一次默存牙痛，我病目。我們約定日子，各自請了假同到信陽看病。醫院新發明一種「按摩拔牙」，按一下，拔一牙。病人不敢嘗試，都逃跑了。默存和我溜出去遊了一個勝地——忘了名稱。山是一個土墩，湖是一個半乾的水塘，有一座破敗的長橋，山坳裏有幾畦藥苗。雖然沒什麼好玩的，我們逃了一天學，非常快活。後來我獨到信陽看眼睛，淚道給楦裂了。我要回北京醫治，軍宣隊怎麼也不答應。我請事假回京，還須領到學部的證明，醫院才准掛號。這大約都是為了防止幹校人員借回家看病，不再返回幹校。

在幹校生了大病，只好碰運氣。我回家治了眼睛，就帶阿圓來幹校探親。我們母女到了明港，料想默存准會來接；下了火車在車站滿處找他不見，又到站外找，一路到幹校，只怕默存還在車站找我們。誰知我回京後他就大病，犯了氣喘，還發高燒。我和阿圓到他宿舍附近才有人告知。他們連裏的醫務員還算不上赤腳醫生；據她自己告訴我，她生平第一次打靜脈針，緊張得渾身冒汗，打針時結扎在默存臂上的皮帶，打完針都忘了解鬆。可是打了兩針居然見效，我和阿圓到幹校時，他已退燒。那位醫務員常指着自己的鼻子、晃着腦袋說：「錢先生，我是你的救命恩人！」真是難為她。假如她不敢或不肯打那兩針，送往遠地就醫只怕更糟呢。

阿圓來探過親，彼此稍稍放鬆了記掛。只是飽食終日，無所用心，人人都在焦急。報載林彪「嗝兒屁着涼」後，幹校對「五一六」的鬥爭都泄了氣。可是回北京的老弱病殘呢，仍然也只是開會學習。

據說，希望的事，遲早會實現，但實現的希望，總是變了味的。一九七二年三月，又一批老弱病殘送回北京，默存和我都在這一批的名單上。我還沒有不希望回北京，只是希望同夥都回去。不過既有第二批的遣送，就該還有第三批第四批……看來幹校人員都將分批遣歸。我們能早些回去，還是私心竊喜。同夥為我們高興，還為我們倆餞行。當時宿舍裏爐火未撤，可以利用。我們吃了好幾頓餞行的湯團，還吃了一頓薺菜肉餛飩——薺菜是野地裏揀的。人家也是客中，比我一年前送人回京的心情慷慨多了。而看到不在這次名單上的老弱病殘，又使我愧汗。

但不論多麼愧汗感激，都不能壓滅私心的忻喜。這就使我自己明白：改造十多年，再加幹校兩年，且別說人人企求的進步我沒有取得，就連自己這份私心，也沒有減少些。我還是依然故我。

回京已八年。瑣事歷歷，猶如在目前。這一段生活是難得的經驗，因作此六記。

第一次下鄉

一　受社會主義教育

我們初下鄉，同夥一位老先生遙指着一個農村姑娘說：「瞧！她像不像蒙娜．麗莎？」

「像！真像！」

我們就稱她「蒙娜．麗莎」。

打麥場上，一個三角窩棚旁邊，有位高高瘦瘦的老者，撐着一支長竹竿，撅着一撮鬍子，正仰頭望天。另一位老先生說：

「瞧！堂吉訶德先生！」

「哈！可不是！」

我們就稱他「堂吉訶德」。

那是一九五八年「拔白旗」後、「大躍進」時的十月下旬，我們一夥二十來人下鄉去受社會主義教育，改造自我。可是老先生們還沒脱下資產階級知識份子的眼鏡，反而憑主觀改造農村人物呢！

據説四十五歲以上的女同志免於下鄉。我不敢相信，也不願相信。眼看年輕同志們「老張」「小王」彼此好親近，我卻總是個尊而不親的「老先生」，我也不能自安呀！

下鄉當然是「自願」的。我是真個自願，不是打官腔；只是我的動機不純正。我第一很好奇，想知道土屋茅舍裏是怎樣生活的。第二，還是好奇。聽説，能不能和農民打成一片，是革命、不革命的分界線。我很想瞧瞧自己究竟革命不革命。

下鄉當然有些困難。一家三口，女兒已下廠煉鋼。我們夫婦要下鄉自我鍛煉，看家的「阿姨」偏又是不可靠的。默存下鄉比我遲一個月，我不能親自為他置備行裝，放心不下。我又有點顧慮，怕自己體弱年老，不能適應下鄉以後的集體生活。可是，解放以前，艱苦的日子也經過些，這類雞毛蒜皮算不得什麼。

十月下旬，我們一行老老少少約二十人，由正副兩隊長帶領下鄉。我很守規矩，行李只帶本人能負擔提攜的，按照三個月的需要，盡量精選。長途汽車到站，把我們連同行李撇在路旁。我跟着較年輕的同夥，掮起鋪蓋卷，一手拿提包，一手拿網袋，奮勇追隨；可是沒走幾步，就落在後面，拼命趕了一程，精疲力竭，只好停下。前面的人已經不見了，路旁守着行李的幾位老先生和女同志也不見了。我不敢放下鋪蓋卷，怕不能再舉上肩頭。獨立在田野裏，大有「前不見古人，後不見來者」之慨。幸喜面前只有一條路。我咬着牙一步步慢慢走，不多遠就看見拐彎處有一所房屋，門口掛着「人民公社」的牌子，我那些同夥正在門口休息。我很不必急急忙忙，不自量力。後面幾位老先生和女同志們，留一二人看守行李，他們大包小件扛着抬着慢慢搬運，漸漸地都齊集了。

那半天我們在公社休息，等候正副隊長和公社幹部商定如何安插我們。我們分成兩隊。一隊駐在富庶的稻米之鄉，由副隊長帶領；一隊駐在貧瘠的山村，由正隊長帶領。我是分在山村的，連同隊長共五男二女。男的都比我年長，女的比我小，可是比我懂事，我把她當姊姊看待。隊長是一位謙虛謹慎的老黨員。當晚我們在公社打開鋪蓋，胡亂休息一宵，第二天清晨，兩隊就分赴各自的村莊。「蒙娜．麗莎」和「堂吉訶德」就是我們一到山村所遇見的。

我們那村子很窮，沒一個富農。村裏有一條大街或通道，連着一片空場。公社辦事處在大街中段，西盡頭是天主教堂，當時作糧庫用，東盡頭是一眼深井，地很高，沒有井欄，井口四周凍着厚厚的冰，村民大多在那兒取水。食堂在街以北，托兒所在街以南。沿村東邊有一道沒有水的溝，旁邊多半是小土房。磚瓦蓋的房子分佈在村子各部。村北是陡峭的山，據說得乘了小驢兒才上得去。出村一二里是「長溝」，那兒有些食用品商店，還有一家飯館。

那時候吃飯不要錢。每戶人家雖各有糧櫃，全是空的。各家大大小小的醃菜缸都集中在食堂院子裏，缸裏醃的只是些紅的白的蘿蔔。牆腳下是大堆的生白薯，那是每餐的主食。

村裏人家幾乎全是一姓，大概是一個家族的繁衍，異姓的只三四家。

二 「過五關，斬六將」

我們早有心理準備，下鄉得過幾重關。我借用典故，稱為「過五關，斬六將」。

第一關是「勞動關」。公社裏煞費苦心，為我們這幾個老弱無能的人安排了又不累、又不髒、又容易的活兒，叫我們砸玉米棒子。我們各備一條木棍，在打麥場上蓆地坐在一堆玉米棒子旁邊，舉棒拍打，把玉米粒兒打得全脱落下來，然後掃成一堆，用蓆子蓋上。和我們同在場上幹活的都是些老大娘們。她們砸她們的，和我們也攀話談笑。八點開始勞動，實際是八點半，十點就休息，稱為「歇攀兒」，該歇十分鐘，可是一歇往往半小時。「歇攀兒」的時候，大家就在場上坐着或站着或歪着，説説笑笑。再勞動不到一個多鐘頭又「歇攀兒」了！大家拿着傢具——一根木棍，一隻小板凳或一方墊子，各自回家等待吃飯。這些老大娘只賺最低的工分。

有時候我們推獨輪車搬運地裏的秫秸雜草。我們學會推車，把穩兩手，分開兩腳，腳跟使勁登登地走，把襪跟都踩破。我能把秫秸雜草堆得高過自己的腦袋，然後留心推車上坡，拐個彎，再推下坡，車不翻。

有一次叫我們捆草：把幾莖長草撚成繩子，繞住一堆乾草，把「繩子」兩端不知怎麼的一扭一塞，就捆好了。我不會一扭一塞。天都快黑了，我站在亂草堆裏直發愁。可是生產隊副隊長（大家稱為「大個兒」的）來了，他幾下子就把滿地亂草全捆得整整齊齊。

有幾次我們用小洋刀切去蘿卜的纓子並挖掉長芽的「根據地」，然後把蘿蔔搬運入窖。我們第一天下鄉，就是幹這個活。我們下鄉幹的全是輕活兒，看來「勞動關」，對我們是虛掩着的，一走就「過」，不必衝殺。

第二關是「居住關」。記得看過什麼《清宮外史》，得知伺候皇上，每日要問：「進得好？出得好？歇得好？」「進」、「出」、「歇」在鄉間是三道重關。「歇」原指睡眠，在我們就指「居住」；「進」和「出」就指下文的「飲食」和「方便」。

農民讓出一個大炕，給五位老先生睡。後來天氣轉冷，村裏騰出一間空房，由我們打掃了糊上白綿紙，買了煤，生上火，我們一夥就有了一個家。但我和女伴兒只是「打游擊」。社裏怕凍了我們，讓我們睡在一位工人大嫂家。工人有錢買煤，她家睡的是暖炕。可是沒幾天，工人回家度假，黨支部書記蕭桂蘭連夜幫我們搬走，在一間空屋裏塵土撲鼻的冷炕上暫宿一宵，然後搬入公社縫紉室居住。縫紉室裏有一張竹榻，還有一塊放衣料什物的木板，寬三尺，長六七尺，高高架在牆頂高窗底下，離地約有二米。得登上竹榻，再蹬上個木椿子，攀援而上；躺下了當然不能翻身，得挨着牆一動不動，否則會滾下來。我的女伴說：「對不起，我不像你身體輕，我又睡得死，而且也爬不上；我只好睡下鋪。」我想，假如她睡上鋪，我准為她愁得徹夜不眠。所以，理所當然，我睡了上鋪。反正我經常是半睡半醒地過夜。窗隙涼風拂面，倒很清新，比悶在工人大嫂家煤味、人味、孩子屎尿味的屋裏舒服得多。每天清早，我能從窗裏看到下面空場上生產隊排隊出發，高聲唱着「社會主義好」。後不久，村裏開辦了托兒所。托兒所的教室裏擺着一排排小桌子小凳子，前頭有個大暖炕。我和女伴兒以及另單位的兩個女同志同睡這個大炕。她們倆起得早，不及和我們見面就去勞動了。我每晨擂着拳頭把女伴打醒，急急穿衣洗漱，一個個娃娃已站滿炕前，目不轉睛地瞪着我們看，我感到自己成了動物園裏的猴子。同炕四人把鋪蓋卷上，沿牆安放。娃娃們都上炕遊戲。一次，我女伴的鋪蓋卷兒給一個娃娃騎在上面撒了一大泡溺，幸虧沒透入鋪蓋內部。四人睡這麼一個大炕，夠舒服的，儘管被褥有溺濕的危險。

第三關是「飲食關」。我們不屬於生產隊，吃飯得交錢。我們可以加入幹部食堂，每日兩餐，米飯、炒菜，還加一湯，如加入農民食堂，飯錢便宜些，一日三餐，早晚是稀的，中午是窩頭白薯。我們願意接近老鄉們，也不慣吃兩頓乾飯，所以加入了農民食堂。老鄉們都打了飯回家吃。我們和食堂工作人員在食堂吃。我們七人，正好一桌。早晚是玉米渣兒煮白薯塊，我很欣賞那又稀又膩的粥。窩頭也好吃，大鍋煮的白薯更好吃。廚房裏把又軟又爛的白薯剝了皮，揉在玉米麵裏，做成的窩頭特軟。可是據說老鄉們嫌「不經飽」。默存在昌黎鄉間吃的是發黴的白薯乾磨成的粉，摻合了玉米麵做的窩頭，味道帶苦。相形之下，我們的飯食該說是很好了。廚師們因我喜愛他們做的飯食，常在開飯前揀出最軟最甜的白薯，堆在灶台上，讓我像貪嘴孩子似的站着盡量吃，我的女伴兒也同吃。可是幾位老先生吃了白薯，肚裏產生了大量氣體，又是噫氣，又是泄氣。有一次，一位老先生泄的氣足有一丈半長，還搖曳多姿，轉出幾個調子來。我和女伴兒走在背後，忍着不敢笑。後來我揀出帶下鄉的一瓶食母生，給他們「消氣」。

我那時還不貪油膩。一次夢裏，我推開一碟子兩個荷包蛋，說「不要吃」。醒來告訴女伴，她直埋怨我不吃。早飯時告訴了同桌的老先生，他們也同聲怪我不吃，恨不得叫我端出來放在桌上呢！我們吃了整一個月素食，另一單位的年輕同志淘溝，捉得一大面盆的小活魚。廚房裏居然燒成可口的乾炙小魚，也給我們開了葷。沒料到貓魚也成了時鮮美味。我們吃了一個月粗糲之食，想到大米白麵，不勝嚮往。分在稻米之鄉的那一隊得知我們的饞勁，忙買些白米，煩房東做了米飯請我們去吃。我像豬八戒似的一口一碗飯，連吃兩碗，下飯只是一條罐頭裝的鳳尾魚（我們在「長溝」共買得二罐）和半塊醬豆腐。我生平沒吃過那麼又香又軟的白米飯。

以後，我們一夥都害了饞癆——除了隊長，因為他不形於色，我不敢冤他。他很體察下情，每一兩星期總帶我們到長溝的飯館去吃一頓豆漿油條當早飯。我有時直想吃個雙份才飽，可是吃完一份，肚子也填得滿滿的了。我們曾買得一隻大沙鍋，放在老先生住的屋裏當炊具，煮點心用。秋天收的乾鮮果子都已上市，我們在長溝買些乾棗和山楂，加上兩小包配給賣的白糖，煮成酸甜兒的酪，各人拿出大大小小的杯子平均分配一份。隊長很近人情，和大家同享。我的女伴出主意，買了核桃放在火上燒，燒糊了容易敲碎，核桃仁又香又脆，很好吃。反正什麼都很好吃。每晚燈下，我們空談好吃的東西，叫作「精神會餐」，又解饞，又解悶，「吃」得津津有味。「飲食關」該算是過了吧？

第四關是「方便關」。這個關，我認為比「飲食關」難過，因為不由自主。我們所裏曾有個年輕同事，下了鄉只「進」不「出」，結果出不來的從嘴裏出來了。瀉藥用量不易掌握，輕了沒用，重了很危險，因為可方便的地方不易得。漚「天然肥」的缸多半太滿，上面擱的板子又薄又滑，登上去，大有跌進缸裏的危險，令人「戰戰慄慄，汗不敢出」——汗都不敢出，何況比汗更重濁的呢！

有一次，食堂供綠豆粉做的麵條。我撈了半碗，不知道那是很不易消化的東西，半夜鬧肚子了。那時我睡在縫紉室的高鋪上。我盡力綏靖，胃腸卻不聽調停。獨自半夜出門，還得走半條街才是小學後門，那裏才有「五穀輪迴所」。我指望鬧醒女伴，求她陪我。我穿好衣服由高處攀援而下，重重地踩在她鋪上。她睡得正濃，一無知覺。我不忍叫醒她，硬着頭皮，大着膽子，帶個手電筒悄悄出去。我摸索到通往大廳的腰門，推一推紋風不動，打開手電筒一看，上面鎖着一把大鎖呢。只聽得旁邊屋裏雜亂的鼾聲，嚇得我一溜煙順着走廊直往遠處跑，經過一個院子，轉進去有個大圓洞門，進去又是個院子，微弱的星光月光下，只見落葉滿地，闃無人跡。我想到了學習貓咪，摸索得一片碎瓦，權當爪子，刨了個坑。然後我掩上土，鋪平落葉。我再次攀援上床，竟沒有鬧醒一個人。這個關也算過了吧？

第五關是「衞生關」。有兩員大將把門：一是「清潔衞生」，二是「保健衞生」。清潔衞生容易克服，保健衞生卻不易制勝。

清潔離不開水。我們那山村地高井深，打了水還得往回挑。我記得五位老先生搬離第一次借居的老鄉家，隊長帶領我們把他家水缸打滿，院子掃淨。我們每人帶個熱水瓶，最初問廚房討一瓶開水。後來自家生火，我和女伴湊現成，每晚各帶走一瓶，連喝帶用。除了早晚，不常洗手，更不洗臉。我的手背比手心乾淨些，飯後用舌頭舔淨嘴角，用手背來回一抹，就算洗臉。我們整兩個月沒洗澡。我和女伴承老先生們照應，每兩星期為我們燒些熱水，讓我們洗頭髮，洗換襯衣。我們大伙罩衣上的斑斑點點，都在開會時「乾洗」——就是搓搓刮刮，能下的就算洗掉。這套「骯髒經」，說來也怪羞人的，做到卻也是逐點熬煉出來。

要不顧衛生，不理會傳染疾病，那就很難做到，除非沒有知識、不知提防。食堂裏有個害肺癆的，嗓子都啞了。街上也曾見過一個爛掉鼻子的。我們吃飯得用公共碗筷，心上嫌惡，只好買一大瓣蒜，大家狠命吃生蒜。好在人人都吃，誰也不嫌誰臭，壓根兒聞不到蒜臭了。有一次，我和女伴同去訪問一家有兩個重肺病的女人。主人用細瓷茶杯，沏上好茶待客。我假裝喝茶，分幾次把茶潑掉。我的女伴全喝了。她可說是過了關，我卻只能算是夾帶過去的。

所謂「過五關、斬六將」，其實算不得「過關斬將」。可是我從此頗有自豪感，對沒有這番經驗的還大有優越感。

三　形形色色的人

我在農村安頓下來。第一件事，就是認識了一個個老大爺、老大媽、小伙子、大姑娘、小姑娘，他們不復是抽象的「農民階級」。他們個個不同，就像「知識份子」一樣的個個不同。

一位大媽見了我們說：「真要感謝毛主席他老人家！沒有毛主席，你們會到我們這種地方來嗎！」我仔細看看她的臉。她是不是在打官腔呀？

縫紉室裏有個花言巧語的大媽。她對我說：

「呀！我開頭以為文工團來了呢！我看你拿着把小洋刀挖蘿蔔，直心疼你。我說：瞧那小眉毛兒！瞧那小嘴兒！年輕時候准是個大美人兒呢！我說：我們多說說你們好話，讓你們早點兒回去。」她是個地道的「勞動懲罰論」者。

有個裝模作樣的王嫂，她是村上的異姓，好像人緣並不好。聽說她是中農，原先夫婦倆幹活很歡，成立了公社就專會磨洋工，專愛嘀嘀咕咕。她抱怨秫秸稈兒還沒分發到戶，嚷嚷說：「你們能用冷水洗手，我可不慣冷水洗手！」我是慣用冷水洗手的，沒料到農村婦女竟那麼嬌。

我們分隊下鄉之前，曾在區人民公社胡亂住過一宵。我們清出一間屋子，搬掉了大堆大堆的農民公費醫療證。因為領導人認為這事難行，農民誰個不帶三分病，有了公費醫療，大家不幹活，盡去瞧病了。這件事空許過願，又取消了。我們入村後第一次開會，就是通知目前還不興公費醫療。我們下鄉的一夥都受到囑咐，注意農民的反映，向上彙報。

可是開會時羣眾啞默悄靜，一個個呆着臉不吭一聲。我一次中午在打麥場上靠着窩棚打盹兒，我女伴不在旁。有個蒼白臉的中年婦女來坐在我旁邊，我們就閑聊攀話。她自說是寡婦，有個十六歲的兒子。她說話斯文得出人意外。她歎息說：「朝令夕改的！」（她指公費醫療吧？）「我對孩子說，你可別傻，什麼『深翻三尺』！你翻得一身大汗，風一吹，還不病了！病了你可怎麼辦？」我不知該怎麼回答。我的女伴正向場上跑來，那蒼白臉的寡婦立即抽身走了。

有一位大媽，說的話很像我們所謂「怪話」。她大談「人民公社好」，她說：

「反正就是好噲！你說這把茶壺是你的，好，你就拿去。你說這條板凳是你的，好，你就搬走。你現在不搬呢，好，我就給你看着唄。」

沒人駁斥她，也沒人附和。我無從知道別人對這話的意見。

有個三十來歲的大嫂請我到她家去。她悄悄地說：「咳，家裏來了客，要攤張餅請請人也不能夠。」她家的糊窗紙都破了，破紙在風裏瑟瑟作響。她家只有水缸裏的水是滿的。

有個老大媽初次見我，一手伸入我袖管，攢着我的手，一手在我臉上摩挲。十幾天後又遇見我，又照樣摩挲着我的臉，笑着惋歎說：「來了沒十多天吧？已經沒原先那麼光了。」我不知她是「沒心沒肺」，還是很有心眼兒。

我們所見的「堂吉訶德」並非老者。他理髮順帶剃掉鬍子，原來是個三四十歲的青壯年，一點不像什麼堂吉訶德。廚房裏有親兄弟倆和他相貌有相似處，大概和他是叔伯兄弟。那親兄弟倆都是高高瘦瘦的，眉目很清秀，一個管廚房，一個管食堂。我上食堂往往比別人早。一次我看見管食堂的一手按着個碟子，一手拿着個瓶子在碟子上很輕巧地一轉。我問他「幹什麼呢？」他很得意，變戲法似的把手一抬，拿出一碟子白菜心。他說：「淋上些香油，給你們換換口味。」這顯然是專給我們一桌吃的。我很感激，覺得他不僅是孝順的廚子，還有點慈母行徑呢。

食堂左右都是比較高大的瓦房，大概原先是他家的房子。一次，他指着院子裏圈着的幾頭大豬，低聲對我說：「這原先都是我們家的。」

「現在呢？」

他仍是低聲：「歸公社了——她們妯娌倆當飼養員。」

這是他對我說的「悄悄話」吧？我沒說什麼。我瞭解他的心情。

食堂鄰近的大媽請我們去看她養的小豬。母豬小豬就養在堂屋裏，屋子收拾得乾乾淨淨。母豬和一窩小豬都乾淨，黑亮黑亮的毛，沒一點垢污。母豬一躺下，一羣豬仔子就直奔媽媽懷裏，享受各自的一份口糧。大媽說，豬仔子從小就佔定自己的「飯碗兒」，從不更換。我才知道豬可以很乾淨，而且是很聰明的家畜。

大媽的臉是圓圓的，個兒是胖胖的。我忽然想到她准是食堂裏那個清秀老頭兒的老婆，也立即想到一個趕車的矮胖小伙子准是他們的兒子。考試一下，果然不錯。我忙不迭地把新發現報告同夥。以後我經常發現誰是誰的誰：這是伯伯，這是叔叔，這是嬸子，這是大媽，這是姐姐，這是遠房的妹妹等等。有位老先生笑我是「包打聽」，其實我並未「打聽」，不過發現而已。發現了他們之間的親屬關係，好像對他們就認識得更着實。

「蒙娜·麗莎」的爸爸，和管廚房、食堂的兩兄弟大概是貧窮的遠房兄弟。他家住兩間小土屋。「蒙娜·麗莎」的真名，和村上另幾個年齡相近的大姑娘不排行。她面貌並不像什麼「蒙娜·麗莎」。她梳一條長辮子，穿一件紅紅綠綠的花布棉襖，幹活兒的時候脱去棉襖，只穿一件單布褂子，村上的大姑娘都這樣。她的爸爸比較矮小，傴着背老是乾咳嗽。據他告訴我：一次「毛主席派來的學生」派住他家，他把暖炕讓給學生，自己睡在靠邊的冷炕上，從此得了這個咳嗽病。我把帶下鄉的魚肝油丸全送了他，可是我怕他營養不良，那兩瓶丸藥起不了多大作用。他的老伴兒已經去世，大兒子新近應兵役入伍了，家裏還有個美麗的小女兒叫「大芝子」，「蒙娜・麗莎」是家裏的主要勞動力。她很堅決地聲明：「我不聘，我要等哥哥回來。」她那位帶病的父親告訴我：他當初苦苦思念兒子，直放心不下；後來他到部隊去探親一次，受到軍官們熱情招待，又看到兒子在部隊的生活，也心上完全踏實了。

「大芝子」才八歲左右，比她姐姐長得姣好，皮膚白嫩，雙眼皮，眼睛大而亮，眼珠子烏黑烏黑。一次她摔一大跤，腦門子上破了個相當大的窟窿，又是泥，又是血。我見了很着急，也心疼，忙找出我帶下鄉的醫藥品，給她洗傷、敷藥，包上紗布。我才知道他們家連一塊裹傷的破布條兒都沒有。「蒙娜·麗莎」對我說：「不怕的，我們家孩子是摔跌慣了的，皮肉破了腫都不腫，一下子就長好。」大芝子的傷處果然很快就長好了，沒留下疤痕。我後來發現，農村的孩子或大人，受了傷都癒合得快，而且不易感染。也許因為農村的空氣特別清新，我國農民的血液是最健康的。

我有一次碰到個纖眉修目的小姑娘，很甜淨可愛。她不過六七歲。我問她名字，她說叫「小芝子」。我拉着她的手問她是誰家的孩子。

「我是我們家的孩子。」

「你爸爸叫什麼呀？」

「我管我爸爸叫爸爸。」

「你哥哥叫什麼呢？」

「我管我哥哥叫哥哥。」

我這個「包打聽」，認真「打聽」也打聽不出她是誰來，只能料想她和「大芝子」是排行。

大批蘿蔔急需入窖的時候，我們分在稻米之鄉的分隊也請來幫忙了。蘿蔔剛出土，帶着一層泥，我們凍僵的手指沾了泥更覺寒冷。那個分隊裏一個較年輕的同夥瞧我和老鄉們比較熟，建議我去向他們借隻臉盆，討一盆水洗洗手，我撞見個老大爺，就問他借臉盆洗手。他不慌不忙，開了鎖，帶我進屋去。原來是一間寬敞的瓦房，有個很大的炕，房裏的傢俱都整齊。他拿出一隻簇新的白底子紅花的鼓墩式大臉盆，給我舀了半盆涼水。我正要端出門，他說：「你自己先洗洗」，一面就為我兑上熱水。我把凍手握在熱水裏，好舒服！他又拿出一塊雪白的香皂，一條雪白的毛巾，都不是全新，可也不像家常天天使用的。我怕弄髒了他的香皂，只摸了兩下；又怕擦髒了他的毛巾，乘他為我潑水，把沒洗乾淨的濕手偷偷兒在自己罩衣上抹個半乾，才象徵性地使用了毛巾。主人又給舀了半盆冷水，讓我端給大伙兒洗。他是怕那面盆大，水多了我端不動，或一路上潑潑灑灑吧？十幾雙泥手洗那半盆水，我直為潑掉的那大半盆熱水可惜，只是沒敢說。大家洗完了我送還面盆，盆底盡是泥沙。

村民房屋的質量和大小，大約標識着上一代的貧富；當前的貧富全看家裏的勞動力。副隊長「大個兒」家裏勞動力多，生活就富裕，老鄉們對他都很服帖。正隊長家是新蓋的清涼瓦屋，而且是樓房。老鄉們對那座樓房指指點點，好像對這位隊長並不喜歡；說到他，語氣還帶些輕鄙。他提倡節制生育，以身作則，自己做了絕育手術。村裏人稱他是

「劁了的」。我不懂什麼「劁」，我女伴忙拉拉我的衣襟不讓我問，過後才講給我聽。我只在大會上聽過他做報告，平時從不見面。大躍進後期，我們得了一個新任務：向村民講解《農村十條》。生產隊長卻遲遲不傳達。關於政策多少年不變以及自留地等問題，村民不放心，私下向我們打聽，聽了還不敢相信。我很驚奇，怎麼生產隊長遲遲不傳達中央的文件，他是否怕有損自己的威信。

黨支部書記蕭桂蘭是一位勤勞不懈的女同志，才三十七歲，小我十歲呢，已生了四個孩子，顯得很蒼老，兩條大長辮子是枯黃色的。她又要帶頭勞動，又要做動員報告，又要開會，又要傳達，管着不知多少事。她苦於不識字。她說，所有的事都得裝在腦袋裏。我和女伴兒的居住問題，當然也裝在她的腦袋裏。我們每次搬個住處，總是她及時想到，還親自幫着我們搬。我女伴的鋪蓋很大，她自己不會打；我力氣小，使足了勁也捆不緊。如果搬得匆忙，我連自己的小鋪蓋也捆不上了。蕭桂蘭看我們搬不動兩個鋪蓋，乾脆把一個大的掮在肩上，一個小的夾在腋下，在前領路，健步如飛。我拿着些小件東西跟在後面還直怕趕不上，心上又是感激，又是慚愧。蕭桂蘭直爽真摯，很可愛。她講自己小時候曾販賣布匹等必需品給解放軍，經常把錢塞在炕洞裏。一次客來，她燒熱了炕，忘了藏着的錢；等她想到，紙幣已燒成灰。她老實承認自己「階級意識」不強，鎮壓地主時她嚇得發抖，直往遠處躲，看都不敢看。當了支書，日夜忙碌，自己笑說：「我圖個啥呀？」她正是熒屏上表揚的「默默奉獻」者。她大約「默默奉獻」了整一輩子，沒受過表揚。

村上還有個「掛過彩」的退伍軍人。他姓李，和村上人也不是同姓。我忘了他的名字，也不記得他是否有個官銜。他生活最受照顧，地位也最高。他老伴兒很和氣，我曾幾次到過他家。這位軍人如果會吹吹牛，准可以當英雄。可是他像小孩兒一樣天真樸質，問他過去的事，得用「逼供信」法，「擠牙膏」般擠出一點兩點。誘得巧妙，他也會談得眉飛色舞。他常挨我的「逼供信」，和我是相當好的朋友。我離開那個村子一年後，曾寄他一張賀年片。他卻回了我一封長信，向我「彙報」村上的情況。尤其可感的是他本人不會寫信，特地央人代寫的。

村裏最「得其所哉」的是「傻子」。他食腸大，一頓要吃滿滿一面盆的食。好在吃飯不要錢，他的食量不成問題。他專管掏糞，不嫌髒，不嫌累，幹完活兒倒頭大睡。他是村裏最心滿意足的人。

最不樂意的大約是一個瘋婆子。村上那條大街上有一處旁邊有口乾井，原先是菜窖。那老大娘不慎跌下乾井，傷了腿。我看見她蓬頭垢面，踞坐地上，用雙手拿着兩塊木頭代腳走路。兩手挪前一尺，身子也挪前一尺。她怪費力地向前挪動，一面哭喊叫罵。過路的人只作不聞不見。我問：「她罵誰？」人家不答，只說她是瘋子。我聽來她是在罵領導，不知罵哪一位，還是「海罵」。罵的話我不能全懂，只知道她罵得很臭很毒。她天天早上哭罵着過街一趟，不知她往哪裏去，也不知她家在哪裏。

四　椿椿件件的事

有一天，我們分組到村裏訪病問苦，也連帶串門兒。我們撞到了瘋婆子家裏。一間破屋，一個破炕，炕頭上坐着個臉黃皮皺的老大媽，正是那「瘋婆子」。我原先有點害怕，懦怯地近前去和她招呼。她很友好，請我們坐，一點兒不像瘋子。我坐在炕沿上和她攀話，她就打開了話匣子。她的話我聽不大懂，只知是連篇的「苦經」。我問起她的傷腿，她就解開褲腿，給我看傷疤。同組的兩位老先生沒肯坐，見那「瘋婆子」解褲腿，慌忙逃出門去。我怕一人落單，忙着一面撫慰，一面幫她繫上褲腿，急急辭出。我埋怨那兩位老先生撇了我逃跑，他們只鬼頭鬼腦地笑，說是怕她還要解衣解帶。

下午我要求和女伴兒同組，又訪問了幾家。我們倆看望生肺病的女人就是那天。後來我們跑到僻遠地區，聽到一個婦女負痛呼號。我很緊張。我的女伴說，沒準兒是假裝的。我們到了她家，病人停止了呼號勉強招待我們。她說自己是發胃病。我們沒多坐，辭出不久又聽到她那慘痛的號叫。我的女伴斷定她是不願出勤，裝病。可是我聽了那聲音，堅信是真的。到底什麼病，也許她自己都不知道。

我們又看望了一個患風濕病的小伙子。有一次大暑天淘井，他一身大汗跳下井去，寒氣一逼，得了這個病，渾身關節疼痛，唯有虎骨酒能治。虎骨酒很貴。他攢了錢叫家人進城買得一瓶，將到家，不知怎麼的把瓶子砸了，酒都流了。他說到這瓶砸掉的酒，還直心疼。但他毫無怨意，只默默忍受。我以後每見虎骨酒，還直想到他。

我們順便串門兒，看望了不常到的幾個人家，村上很少小伙子，壯健的多半進城當工人了。有個理髮師不肯留在鄉間，一心要進城去。但村上理髮的只他一個，很賺錢，我們幾位老先生都請他理髮。那天他的老伴兒不在家，我們看見牆上掛的鏡框裏有很多她的小照片，很美，也很時髦，一張照上一套新裝。我估計這對夫婦不久就要離村進城的。

有些老大媽愛談東家長、西家短：誰家有個「破鞋」，誰家有個「倒插門」的女婿，誰家九十歲的公公溺了炕說是「貓兒溺的」，誰家捉姦仇殺，門外小胡同裏流滿了血。我聽了最驚心的是某家複壁裏窩藏了一名地主（本村沒有地主，想必是村上人的親戚）。初解放，家家戶戶經常調換房屋：住這家的忽然調往那家，住那家的忽又調到這家。複壁裏的人不知房子裏已換了人家，早起上廁所，就給捉住了。

村裏開辦幼兒園，我們一夥七人是贊助者。我們大家資助些錢，在北京買了一批玩具和小兒書；隊長命我做「友好使者」向村公社送禮。我不會說話，老先生們教了我一套。我記得村裏還舉行了一個小小的典禮接受禮物，表示感謝。村裏的大媽起初都不願把孩子「圈起來」，寧可讓孩子自由自在地「野」。曾招待我和女伴同炕睡覺的工人大嫂就表示過這種意見。可是幼兒園的伙食好，入園的孩子漸漸多起來。工人大嫂家的二娃子後來也入幼兒園了。我問她吃了什麼好早飯，她說吃了「苟兒勾」（豆兒粥），我聽了很饞。

掃盲也是我們的一項工作。「蒙娜·麗莎」等一羣大姑娘都做出拿苕帚掃地的姿勢，笑說：「又要來掃我們了！」她們說：「幹活兒我們不怕，就怕『掃』我們。幹了一天活兒，坐下直瞌睡，就是認不進字去！」我曾親身經歷，領會到體力、腦力並不分家，同屬於一個身體；耗盡體力，腦力也沒有多餘了。

我女伴兒和我得到一項特殊任務：專為黨支書蕭桂蘭掃盲。因為她常說：「我若能把事情一項項寫下來，不用全裝在腦袋裏，該多輕鬆啊！」可是她聽到「掃盲」，就和村裏的大姑娘們一樣着急說：「又來掃咱們了！」她當然沒工夫隨班上課。我們的隊長讓我和女伴兒自動找她，隨她什麼時候方便，就「送貨上門」式教她。我們已跟她說好，可是每到她家，總撲個空，我懷疑她是躲我們。

不知誰的主意，提倡「詩畫上牆」。我們那個貧窮的山村，連可以題詩作畫的白牆也沒有幾堵。我們把較為平整的黃土牆也刷白了利用。

可是詩和畫總不能都由外來受教育的知識份子一手包辦啊。我們從本村的小學校裏要了些男女學生的作文，雖有錯別字，而且多半不完整，意思卻還明白。我們把可用的作文變成「詩」，也就是「順口溜」，署上作者的名字。每首「詩」都配上一幅「畫」，有些牆上剩留些似畫非畫的圖痕，我們添補成「畫」，再配上一首「詩」。我們一隊七個老人，沒一人能畫。村上有一個能畫的小伙子，卻又不是閑着沒事的，只能乘他有空，請來畫幾筆。我和女伴兒掇一條長板凳，站在上面，大膽老面皮一同揮筆劃了一棵果實纍纍的大樹，表示「豐收」。村裏人端詳着說：「不賴。」這就是很好的鼓勵了。天氣嚴寒，捧着硯台、顏色缸的手都凍僵了，可是我們穿街走巷，見一堵平整的牆，就題詩作畫，牆上琳琅滿目，村子立即成了個「詩畫村」。有一幅「送公糧」的畫，大約出於那位能畫的小伙子之手，我們配上了詩，卻捏造不出作者的名字，就借用了一位村幹部的大名。我們告訴了那位幹部，並指點他看了「詩」、「畫」和署名。他喜得滿面歡笑，宛如小兒得餅。我才知道不僅文人好名，老農也一個樣兒。村裏的小學校長命學生把牆上的「詩」抄在紅紅綠綠的紙上，貼在學校門口，算是他們那學校的成績。我們有幾位老先生認為那是「剽竊」。就算是「剽竊」，不也名正言順嗎！牆上都明寫着作者的大名呢！有的村裏彙集了幾個村的「詩」，印成小冊子。上面的順口溜竟是千篇一律，都是什麼「心裏亮堂堂」呀，「衛星飛上天」之類。我自己編造的時候，覺得純出「本店自造」，竟不知是抄襲了人——或者竟是別的村子抄襲了我們？不過這陣風不久就刮過了。

我們串門兒的時候，曾見到有幾家的條桌上擺着一隻鐘，罩在玻璃罩下。可是一般人家都沒有鐘錶。如要開會，說明八點開，至早要等到九點或九點半，甚至十點。有一次是在一個較遠的禮堂開一個什麼報告會。我們準時到會，從七點半直等到近十一點，又累又急又無聊又餓。不記得那次的會是否開成，還是草草走過場的；我懷疑這是否相當於「怠工」的「怠會」。一般學習會在食堂附近開，老鄉們在一個多小時裏陸續到齊，發言倒也踴躍。老大媽老大爺一個個高聲嚷：「我說說！」說的全是正確的話，像小學生上課回答教師他學到了什麼。如果以為他們的發言反映他們的意見，那就錯了。他們不過表示：「你教的我明白了」。他們很簡單地重複了教導他們的話，不把這句話做成花團錦簇的文章，也不參加自己的什麼意見。「怪話」我只聽到上文提起的那一次。也許是我「過敏」，覺得語氣「不大對頭」。我回京談體會時，如實報導了那幾句話，誰也沒聽出什麼「怪話」，只說我下鄉對農民有了感情，學他們的話也腔吻畢肖。我常懷疑，我們是否把農民估計得太簡單了？

村子附近的山裏出黏土，經火一燒，變得很堅硬，和一般泥土燒成的東西不同。黏土值錢，是村民增加收入的大財源。我們曾去參觀他們挖掘。蕭桂蘭帶着一羣小伙子和大姑娘鏟的鏟，挖的挖，裝在大筐裏，背着倒在小車上堆聚一處。我們六個老人(我們的隊長好像是有事到北京去了)象徵性地幫着搬了幾團泥塊。這是掛過彩的那位退伍軍人請我們去的。他還要款待我們吃飯，我們趕緊餓着肚子溜回自己的食堂。

我們還打算為這個山村寫一部村史。可是掛過彩的軍人和蕭桂蘭都是務實派，不善空談。我的任務是「誘供」，另有幾人專司記錄。我一心設法哄他們談過去的事，因此記不得他們談了些什麼。反正「村史」沒有寫成。

陽曆元旦村裏過節，雖然不是春節，村裏也要演個戲熱鬧一番。我才知道這麼個小小荒村裏，也人才濟濟。嗓子好、扮相好的姑娘多得很。我才瞭解古代無道君王下鄉選美確有道理。

五　整隊回京

我們原定下鄉三個月，後來減縮成兩個月。

陽曆年底，村上開始過節。我們不好意思分享老鄉們過節的飯食，所以買了兩隻雞、兩瓶酒送給廚房。我又一次做送禮的「友好使者」，向他們致謝意。那個村子出廚師，專給人家辦酒席。他們平時「英雄無用武之地」，這回廚房宰了豬，又加上兩隻雞，就做出不少拿手好菜，有的竟是我們從未吃過的。例如把正方形的五花肉，轉着切成薄薄的一長條，卷上仍是正方形，燉得稀爛，入口消融。我們連日吃白麵饅頭和花卷，都是難得的細糧，我們理應迴避。這或許也是促成我們早歸的原因吧？因為再過一個月就是春節了。

我們回京之前，得各自總結收穫，互提意見。意見多半是芝麻綠豆，例如說我不懂民間語言等等，我不甚在意，聽完就忘了。但有一句話是我最得意的：隊長評語中說我能和老鄉們「打成一片」。一位黨外的「馬列主義老先生」不以為然，說我不過是「婆婆媽媽」而已，並未能與農民在無產階級的立場上打成一片。他的話也許完全正確。我理論水平低，不會和他理論。但是隊長並未取消他的評語。我還是心服有修養的老黨員，不愛聽「馬列老先生」的宏論。我覺得自己和農民之間，沒什麼打不通的；如果我生在他們村裏，我就是他們中間的一個。我下鄉前的好奇心，就這樣「自以為是」、「自得其樂」地算是滿足了。

下鄉兩個月，大體說來很快活，唯有一個陰影：那就是與家人離散，經常牽心掛肚。我同炕有個相貌端好的女伴，偶逢旁邊沒別人，她就和我說「悄悄話」。第一次的「悄悄話」是她對我說的。她湊近我低聲問：

「你想不想你的老頭兒？」

我說：「想。你想不想你的老頭兒？」

她說：「想啊！」

兩人相對傻笑；先是自嘲的笑，轉而為無可奈何的苦笑。我們眼睛裏交換了無限同情。以後，見面彼此笑笑，也成安慰。她是我同炕之友，雖然我們說「悄悄話」的機會不多。

默存留在家裏的時候，三天來一信，兩天來一信，字小行密，總有兩三張紙。同夥唯我信多，都取笑我。我貼身襯衣上有兩隻口袋，絲綿背心上又有兩隻，每袋至多能容納四五封信（都是去了信封的，而且只能插入大半，露出小半）。我攢不到二十封信，肚子上左邊右邊盡是硬梆梆的信，雖未形成大肚皮，彎腰很不方便，信紙不肯彎曲，稀里嘩啦地響，還有掉出來的危險。其實這些信誰都讀得，既不肉麻，政治上也絕無見不得人的話。可是我經過幾次運動，多少有點神經病，覺得文字往往像解放前廣告上的「百靈機」，「有意想不到之效力」；一旦發生了這種效力，白紙黑字，百口莫辯。因此我只敢揣在貼身的衣袋裏。衣袋裏實在裝不下了，我只好抽出信藏在提包裏。我身上是輕了，心上卻重了，結果只好硬硬心腸，信攢多了，就付之一火。我記得曾在縫紉室的泥地上當着女伴燒過兩三次。這是默存一輩子寫得最好的情書。用他自己的話：「以離思而論，行者每不如居者之篤」，「惆悵獨歸，其『情』更淒戚於踽涼長往也」。用他翻譯洋人的話：「離別之惆悵乃專為居者而設」，「此間百凡如故，我仍留而君已去耳。行行生別離，去者不如留者神傷之甚也。」(見《談藝錄》五四一頁)他到了昌黎天天搗糞，仍偷空寫信，而囑我不必回信。我常後悔焚毀了那許多寶貴的信。唯一的安慰是：「過得了月半，過不了三十」，即使全璧歸家，又怎逃得過丙丁大劫。況且那許多信又不比《曾文正公家書》之類，旨在示範同世，垂訓後人，那是專寫給我一個人看的。罷了，讓火神菩薩為我收藏着吧。

村裏和我友情較深的是「蒙娜·麗莎」和她的爸爸。我和女伴同去辭行。「蒙娜·麗莎」攙着大芝子送一程，又一程，末了她附着大芝子的耳朵說了一句話，大芝子學舌說：「想着我們哪！」我至今想着他們，還連帶想到一個不知誰家的小芝子。

總結完畢，我們山村的小隊和稻米之鄉的小隊一起結隊回北京，我和許多同夥擠在一個拖廂裏。我們不能像沙丁魚伸直了身子平躺，站着也不能直立，因為車頂太低；屈得不能伸腰，因為擠得太緊。我坐在一條長凳盡頭，身上壓滿了同伴的大包小包，兩腿漸漸發麻，先是像針戳，後來感覺全無，好像兩條腿都沒有了。全夥擠上車不是容易，好半天曲屈着也不易忍耐，黃昏時分，我們終於安抵北京。我們乖乖地受了一番教育，畢業回家了。

一九九一年四月

丙午丁未年紀事

——烏雲與金邊

丙午丁未年的大事是「史無前例的文化大革命」。舊社會過來的老知識份子不是「革命」的主要對象，尤其像我這種沒有名位也從不掌權的人，一般只不過陪着挨鬥罷了。這裏所記的是一個「陪鬥者」的經歷，僅僅是這場「大革命」裏的小小一個側面。

一　風狂雨驟

一九六六年八月九日——也就是陰曆丙午年的六月，我下班回家對默存說：「我今天『揪出來了』，你呢？」

他說：「還沒有，快了吧？」

果然三天後他也「揪出來了」。

我問默存：「你是怎麼『揪出來』的？」

他也莫名其妙。「大概是人家貼了我幾張大字報。」

我倒記得很清楚。當時還沒有一張控訴我的大字報，不過我已早知不妙。一次，大會前羣眾傳看一份文件，傳到我近旁就跳過了我，好像沒有我這個人。再一次大會上，忽有人提出：「楊季康，她是什麼人？」並沒有人為我下定義，因為正在檢討另一「老先生」。會後，我們西方文學組的組秘書尷尬着臉對我說：「以後開會，你不用參加了。」我就這樣給「揪出來了」。

「揪出來」的算什麼東西呢，還「妾身未分明」。革命羣眾天天開大會。我門同組「揪出來」的一夥，坐在空落落的辦公室裏待罪。辦公室的四壁貼滿了紅紅綠綠的「語錄」條，有一張上說：拿槍的敵人消滅後，不拿槍的敵人依然存在。一位同夥正坐在這條語錄的對面。他好像阿Q照見了自己癩痢頭上的瘡疤，氣呼呼地換了一個坐位。好在屋裏空位子多的是，我們是有自由隨便就坐，不必面對不愛看的現實。

有一天，報上發表了《五·一六通知》。我們在冷冷清清的辦公室裏正把這個文件細細研究，竊竊私議，忽被召去開大會。我們滿以為按這個指示的精神，革命羣眾該請我們重新加入他們的隊伍。不料大會上羣眾憤怒地控訴我們種種罪行，並公佈今後的待遇：一、不發工資，每月發生活費若干元；二、每天上班後，身上掛牌，牌上寫明身份和自己招認並經羣眾審定的罪狀；三、組成勞動隊，行動聽指揮，並由「監管小組」監管。

我回家問默存「你們怎麼樣？」當然，學部各所都是一致的，我們倆的遭遇也相彷彿。他的專職是掃院子，我的專職是掃女廁。我們草草吃過晚飯，就像小學生做手工那樣，認真製作自己的牌子。外文所規定牌子圓形，白底黑字。文學所規定牌子長方形，黑底白字。我給默存找出一塊長方的小木片，自己用大碗扣在硬紙上畫了個圓圈剪下，兩人各按規定，精工巧製；做好了牌子，工楷寫上自己一款款罪名，然後穿上繩子，各自掛在胸前，互相鑒賞。我們都好像艾麗思夢遊奇境，不禁引用艾麗思的名言：「curiouser and curiouser！」

事情真是愈出愈奇。學部沒有大會堂供全體開會，只有一個大蓆棚。有一天大雨驟冷，忽有不知何處闖來造反的紅衛兵，把各所「揪出來」的人都召到大席棚裏，押上台去「示眾」，還給我們都帶上報紙做成的尖頂高帽。在羣眾憤怒的呵罵聲中，我方知我們這一大羣「示眾」的都是「牛鬼蛇神」。我偷眼看見同夥帽子上都標着名目，如「黑幫」、「國民黨特務」、「蘇修特務」、「反動學術權威」、「資產階級學術權威」等等。我直在猜測自己是個什麼東西。散會我給推推搡搡趕下台，可是我早已脫下自己的高帽子看了一眼。我原來是個「資產階級學者」，自幸級別不高。尖頂高帽都需繳還。帽子上的名目經過規範化，我就升級成了「資產階級學術權威」，和默存一樣。

我和同夥冒雨出蓆棚，只愁淋成落湯雞，不料從此成了「落水狗」，人人都可以欺凌戲侮，稱為「揪鬥」。有一天默存回家，頭髮給人剃掉縱橫兩道，現出一個「十」字；這就是所謂「怪頭」。幸好我向來是他的理髮師，趕緊把他的「學士頭」改為「和尚頭」，抹掉了那個「十」字。聽說他的一個同夥因為剃了「怪頭」，飽受折磨。理髮店不但不為他理髮，還給他扣上字紙簍子，命他戴着回家。

我的同夥沒遭這個惡作劇，可是宿舍大院裏立刻有人響應了。有一晚，同宿舍的「牛鬼蛇神」都在宿舍的大院裏挨鬥，有人用束腰的皮帶向我們猛抽。默存背上給抹上唾沫、鼻涕和漿糊，滲透了薄薄的夏衣。我的頭髮給剪去一截。鬥完又勒令我們脱去鞋襪，排成一隊，大家傴着腰，後人扶住前人的背，繞着院子裏的圓形花欄跑圈兒；誰停步不前或直起身子就挨鞭打。發號施令的是一個「極左大娘」——一個老革命職工的夫人；執行者是一羣十幾歲的男女孩子。我們在笑罵聲中不知跑了多少圈，初次意識到自己的腳底多麼柔嫩。等我們能直起身子，院子裏的人已散去大半，很可能是並不欣賞這種表演。我們的鞋襪都已不知去向，只好赤腳上樓回家。

那位「極左大娘」還直在大院裏大聲恫嚇：「你們這種人！當心！把你們一家家掃地出門！大樓我們來住！」她坐在院子中心的水泥花欄上偵察，不時發出警告：「X門X號！誰在撕紙？」「X門X號！誰在燒東西？」一會兒又叫人快到大樓後邊去看看，「誰家煙筒冒煙呢！」夜漸深，她還不睡，卻老在喝問：「X門X號！這會兒幹嗎還亮着燈？」

第二天清晨，我們一夥都給趕往樓前平房的各處院子裏去掃地並清除垃圾。這是前夕不知誰下的命令。我去掃地的幾處，一般都很體諒。有的説，院子已經掃過了，有的象徵性地留着小撮垃圾給我們清除。有一家的大娘卻狠，口口聲聲罵「你們這種人」，命我爬進鐵絲網攔着的小臭旮旯，用手指抓取掃帚掃不到的臭蛋殼和爛果皮。押我的一個大姑娘拿一條楊柳枝作鞭子，抽得我肩背上辣辣地痛。我認識她。我回頭說：「你爸爸也是我們一樣的人。」因為我分明看見他和我們一起在蓆棚裏登台示眾的。那姑娘立起一對眼珠子說：「他和你們不一樣！」隨手就猛抽一鞭。原來她爸爸投靠了什麼有權力的人，確實和我們不一樣了。那位姑娘的積極也是理所當然。

宿舍大院的平房裏忽出現一個十六七歲的紅衛兵。他星期日召集大樓裏的「牛鬼蛇神」去訓話，下令每天清早上班之前，掃大院、清除垃圾，還附帶一連串的禁令：不許喝牛奶，不許吃魚、吃肉、吃雞蛋，只許吃窩窩頭、鹹菜和土豆。當時已經有許多禁令，也不知是誰制定的，如不准戴草帽，不准撐陽傘，不准穿皮鞋等等。我們這羣「牛鬼蛇神」是最馴良、最和順的罪犯，不論誰的命令都一一奉行。因為一經「揪出」，就不在人民羣眾之中，而在人民羣眾之外，如果抗不受命，就是公然與人民為敵，「自絕於人民」。「牛鬼蛇神」互相勖勉、互相安慰的「官話」是「相信黨，相信人民」，雖然在那個時候，不知有誰能看清黨在哪裏，人民又是誰。

「極左大娘」不許我家阿姨在我家幹活，因為她不肯寫大字報罵我。可是她又不准阿姨走，因為家有阿姨，隨便什麼人隨時可打開門進來搜查。默存的皮鞋領帶都給闖來的紅衛兵拿走了，又要拿打字機。阿姨撒謊說是公家的，沒讓拿。我教阿姨推說我們機關不准我家請阿姨，「極左大娘」只好放她走，我才關住了大門。阿姨臨走對我說：「你現在可以看出人的好壞來了——不過，還是好人多。」這當然是她的經驗之談，她是吃過苦的人。我常想，好人多嗎？多的是什麼樣的好人呢？——「究竟還是壞人少」，這樣說倒是不錯的。

「掃地出門」很多地方實行了；至少，造反派隨時可闖來搜查。家家都有「罪證」得銷毀。宿舍裏有個「牛鬼蛇神」撕了好多信，不敢燒，扔在抽水馬桶裏。不料沖到底層，把馬桶堵塞了。住樓下的那位老先生有幸未列為「權威」，他不敢麻痹大意，忙把馬桶裏的紙片撈出漂淨，敬獻革命羣眾。這就引起宿舍裏又一次「揪鬥」。我回家較晚，進院看見大樓前的台階上站滿了人，大院裏也擠滿了人，有坐的，有站的，王大嫂是花匠的愛人，她一見我就偷偷向我擺手。我心知不妙，卻又無處可走，正遲疑，看見平房裏的張大媽對我努嘴，示意叫我退出去。可是「極左大娘」已經看見我了，提着名字喝住，我只好走上台階，站在默存旁邊。

我們都是陪鬥。那個用楊柳枝鞭我的姑娘拿着一把鋒利的剃髮推子，把兩名陪鬥的老太太和我都剃去半邊頭髮，剃成「陰陽頭」。有一位家庭婦女不知什麼罪名，也在我們隊裏。她含淚合掌，向那姑娘拜佛似的拜着求告，總算倖免剃頭。我不願長他人志氣，求那姑娘開恩，我由她剃光了半個頭。那是八月二十七日晚上。

剃了「陰陽頭」的，一個是退休幹部，她可以躲在家裏；另一個是中學校長，向來穿幹部服、戴幹部帽，她可以戴着帽子上班。我沒有帽子，大暑天也不能包頭巾，卻又不能躲在家裏。默存急得直說「怎麼辦？」我持強說：「兵來將當，火來水擋；總有辦法。」我從二樓走上三樓的時候，果然靈機一動，想出個辦法來。我女兒幾年前剪下兩條大辮子，我用手帕包着藏在櫃裏，這會子可以用來做一頂假髮。我找出一隻掉了耳朵的小鍋做楦子，用默存的壓髮帽做底，解開辮子，把頭髮一小股一小股縫上去。我想不出別的方法，也沒有工具，連漿糊膠水都沒有。我費了足足一夜工夫，做成一頂假髮，害默存整夜沒睡穩（因為他不會幫我，我不要他白陪着）。

我笑說，小時候老羨慕弟弟剃光頭，洗臉可以連帶洗頭，這回我至少也剃了半個光頭。果然，羨慕的事早晚會實現，只是變了樣。我自恃有了假髮「陰陽頭」也無妨。可是一戴上假髮，方知天生毛髮之妙，原來一根根都是通風的。一頂假髮卻像皮帽子一樣，大暑天蓋在頭上悶熱不堪，簡直難以忍耐。而且光頭戴上假髮，顯然有一道界線。剪下的辮子擱置多年，已由烏黑變成枯黃色，和我的黑髮色澤不同——那時候我的頭髮還沒有花白。

來京串聯的革命小將乘車不買票，公共車輛擁擠不堪，上車不易。我和默存只好各自分頭擠車。我戴着假髮硬擠上一輛車，進不去，只能站在車門口的階梯上，比車上的乘客低兩個階層。我有月票，不用買票，可是售票員一眼識破了我的假髮，對我大喝一聲：「哼！你這黑幫！你也上車？」我聲明自己不是「黑幫」。「你不是黑幫是什麼？」

她看着我的頭髮。乘客都好奇地看我。我心想：「我是什麼？牛鬼蛇神、權威、學者，哪個名稱都不美，還是不說為妙。」我心裏明白，等車一停，立即下車。直到一年以後，我全靠兩條腿走路。

街上的孩子很尖利，看出我的假髮就伸手來揪，幸有大人喝住，我才免了當街出彩。我托人買了一隻藍布帽子，可是戴上還是形跡可疑，出門不免提心吊膽，望見小孩子就忙從街這邊躲到街那邊，跑得一溜煙，活是一隻過街的老鼠。默存願意陪我同走，可是戴眼鏡又剃光頭的老先生，保護不了我。我還是獨走靈便。

我們生活上許多事都得自己料理。革命羣眾已通知煤廠不得為「牛鬼蛇神」家送煤。我們日用的蜂窩煤餅，一個個都得自己到煤廠去買。鹹菜、土豆當然也得上街買。賣菜的大娘也和小孩子一樣尖利，眼睛總盯着我的假髮。有個大娘滿眼敵意，冷冷地責問我：「你是什麼人？」

我不知該怎麼回答，以後就和默存交換任務：他買菜，我買煤。我每天下班路過煤廠，買三塊大煤、兩塊小煤，用兩隻網袋裝了一前一後搭在肩上，因為我掃地掃得兩手無力，什麼都拿不動了。煤廠工人是認識我的。他們明知我是「牛鬼蛇神」，卻十分照顧。我下班趕到煤廠，往往過了營業時間，他們總放我進廠，叫我把錢放在案上，任我自取煤餅。有一次煤廠工人問我：「你燒得了這麼多煤嗎？」我說：「六天買七天的，星期日休假」，他們聽我還給自己「休假」，都笑了。往常給我家送煤的老田說：「乾脆我給你送一車吧。」他果然悄悄兒給我送了一車。我央求他給李健吾和唐棣華家也送些煤，他也送了。這事不幸給「極左大娘」知道，立即帶着同夥趕到煤廠，制止了送煤。

不久以後，聽說「極左大娘」在前院挨鬥了。據說她先前是個私門子，嫁過敵偽小軍官。傳聞不知真假，反正我們院子裏從此安靜了。有個醜丫頭見了我就盯着臭罵；有位大娘公然護着我把她訓斥了一頓，我出入大院不再挨罵。

宿舍大院裏的暴風雨暫時過境，風勢和緩下來，不過保不定再來一陣。「一切牛鬼蛇神」正在遭受「橫掃」，我們得戰戰慄慄地待罪。

可是我雖然每天胸前掛着罪犯的牌子，甚至在羣眾憤怒而嚴厲的呵罵聲中，認真相信自己是虧負了人民、虧負了黨，但我卻覺得，即使那是事實，我還是問心無愧，因為——什麼理由就不必細訴了，我也懶得表白，反正「我自巋然不動」。打我罵我欺侮我都不足以辱我，何況我所遭受的實在微不足道。至於天天吃窩窩頭鹹菜的生活，又何足以折磨我呢。我只反覆自慰：假如我短壽，我的一輩子早完了，也不能再指望自己做這樣那樣的事；我不能像莎士比亞《暴風雨》裏的米蘭達，驚呼「人類多美呀。啊，美麗的新世界……！」我卻見到了好個新奇的世界。

二　顛倒過來

派給我的勞動任務很輕，只需收拾小小兩間女廁，這原是文學所小劉的工作。她是臨時工，領最低的工資——每月十五元。我是婦女裏工資最高的。革命羣眾叫我幹小劉的活兒，小劉卻負起監督文學所全體「牛鬼蛇神」的重任。這就叫「顛倒過來」。

我心上慨歎：這回我至少可以不「脫離實際」，而能「為人民服務」了。

我看過那兩間污穢的廁所，也料想我這份工作是相當長期的，決不是三天兩天或十天八天的事。我就置備了幾件有用的工具，如小鏟子，小刀子，又用竹筷和布條做了一個小拖把，還帶些去污粉、肥皂、毛巾之類和大小兩個盆兒，放在廁所裏。不出十天，我把兩個斑剝陸離的瓷坑、一個垢污重重的洗手瓷盆，和廁所的門窗板壁都擦洗得煥然一新。瓷坑和瓷盆原是上好的白瓷製成，鏟刮掉多年積污，雖有破缺，仍然雪白亮。三年後，潘家珣太太告訴我：「人家說你收拾的廁所真乾淨，連水箱的拉鏈上都沒一點灰塵。」這當然是過獎了。不過我確還勤快，不是為了榮譽或「熱愛勞動」，我只是怕髒怕臭，而且也沒有別的事可做。

小劉告訴我，去污粉、鹽酸、墩布等等都可向她領取。小劉是我的新領導，因為那兩間女廁屬於她的領域。我遇到了一個非常好的領導；她尊重自己的下屬，好像覺得手下有我，大可自豪。她一眼看出我的工作遠勝於她，卻絲毫沒有忌嫉之心，對我非常欣賞。我每次向她索取工作的用具，她一點沒有架子，馬上就拿給我。默存曾向我形容小劉的威風。文學所的「牛鬼蛇神」都聚在一間屋裏，不像我們分散幾個辦公室，也沒有專人監視。我很想看看默存一夥的處境。一次，我估計他們已經掃完院子，就借故去找小劉。我找到三樓一間悶熱的大辦公室，看見默存和他同夥的「牛鬼蛇神」都在那裏。他們把大大小小的書桌拼成馬蹄形，大夥兒挨挨擠擠地圍坐成一圈。上首一張小桌是監管大員小劉的。她端坐桌前，滿面嚴肅。我先在門外偷偷和室內熟人打過招呼，然後就進去問小劉要收拾廁所的東西。她立即離席陪我出來，找了東西給我。

幾年以後，我從幹校回來，偶在一個小胡同裏看見小劉和一個女伴推着一輛泔水車迎面而來。我正想和她招呼，她卻假裝不見，和女伴交頭接耳，目不斜視，只顧推車前去。那女伴頻頻回頭，看了我幾眼。小劉想必告訴她，我是曾在她管下的「牛鬼蛇神」。

收拾廁所有意想不到的好處。那時候常有紅衞兵闖來「造反」。據何其芳同志講，他一次被外地來的紅衞兵抓住，問他是幹什麼的——他揪出較早，身上還不掛牌子。他自稱是掃院子的。

「掃院子的怎麼戴眼鏡兒？」

他說從小近視，可是旁人指出他是何其芳。那位小將湊近前去，悄悄說了不少仰慕的話。其芳同志後來對默存偷偷兒講了這番遭遇。我不能指望誰來仰慕我。我第一次給外來的紅衞兵抓住，就老老實實按身上掛的牌子報了姓名，然後背了我的罪名：一、拒絕改造；二、走白專道路；三、寫文章放毒。那個紅衞兵覺得我這個小鬼不足道，不再和我多說。可是我怕人揪住問罪，下次看見外來的紅衞兵之流，就躲入女廁。真沒想到女廁也神聖不可侵犯，和某些大教堂、大寺院一樣，可充罪犯的避難所。

我多年失眠，卻不肯服安眠藥，怕上癮；學做氣功，又像王安石

「坐禪實不虧人」，坐定了就想出許多事來，要坐着不想是艱苦的奮鬥。我這番改行掃廁所，頭腦無需清醒，失眠就放心不眠。我躺着想到該做什麼事，就起來做。好在我的臥室在書房西邊，默存睡在書房東邊的套間裏，我行動輕，不打攪他。該做的事真不少。第一要緊的是銷毀「罪證」，因為毫無問題的字紙都會成為嚴重的罪證。例如我和小妹妹楊必的家信，滿紙胡說八道，引用的典故只我們姊妹瞭解，又常用家裏慣用的切口。家信不足為外人道，可是外人看來，保不定成了不可告人的秘密或特別的密碼。又如我還藏着一本《牙牌神數》，這不是迷信嗎？家信之類是捨不得撕毀，《神數》之類是沒放在心上。我每晚想到什麼該毀掉的，就打着手電筒，赤腳到各處去搜出來。可是「毀屍滅跡」大非易事。少量的紙灰可以澆濕了拌入爐灰，傾入垃圾；燒的時候也不致冒煙。大疊的紙卻不便焚燒，怕冒煙。紙灰也不能傾入垃圾，因為准有人會檢查，垃圾裏有紙灰就露餡了。我女兒為爸爸買了他愛吃的糖，總把包糖的紙一一剝去，免得給人從垃圾裏撿出來。我常把字紙撕碎，浸在水裏揉爛，然後拌在爐灰裏。這也只能少量。留着會生麻煩的字紙真不少。我發現我們上下班隨身帶的手提袋從不檢查，就大包大包帶入廁所，塞在髒紙簍裏，然後倒入焚化髒紙的爐裏燒掉。我只可惜銷毀的全是平白無辜的東西，包括好些值得保留的文字。假如我是特務，收拾廁所就為我大開方便之門了。

我們「牛鬼蛇神」勞動完畢，無非寫交代，做檢討，或學習。我借此可以扶頭瞌睡，或胡思亂想，或背誦些喜愛的詩詞。我夜來抄寫了藏在衣袋裏，背不出的時候就上廁所去翻開讀讀。所以我盡量把廁所收拾得沒有臭味，不時地開窗流通空氣，又把瓷坑抹拭得乾乾淨淨，尤其是擋在坑前的那個瓷片（我稱為「照牆」）。這樣呢，我隨時可以進去坐坐，雖然只像猴子坐釘，也可以休息一會兒。

一次我們這夥「牛鬼蛇神」搬運了一大堆煤塊，餘下些煤末子，就對上水，做成小方煤塊。一個小女孩在旁觀看。我逗她說：「瞧，我們做巧克力糖呢，你吃不吃？」她樂得嘻嘻哈哈大笑，在我身邊跟隨不捨。可是不久她就被大人拉走了；她不大願意，我也不大捨得。過兩天，我在廁所裏打掃，聽見這個小女孩在問人：「她是幹什麼的？」有人回答說：「掃廁所的。」從此她正眼也不瞧我，怎麼也不肯理我了。一次我看見她買了大捆的葱抱不動，只好拖着走。我要幫她，她卻別轉了臉不要我幫。我不知該慨歎小孩子家也勢利，還是該讚歎小孩子家也會堅持不與壞人為伍，因為她懂得掃廁所是最低賤的事，那時候掃廁所是懲罰，受這種懲罰的當然不是好人；至於區別好人壞人，原不是什麼簡單的事。

我自從做了掃廁所的人，卻享到些向所未識的自由。我們從舊社會過來的老人，有一套習慣的文明禮貌，雖然常常受到「多禮」的譴責，卻屢戒不改。例如見了認識的人，總含笑招呼一下，儘管自己心上不高興，或明知別人不喜歡我，也不能見了人不理睬。我自從做了「掃廁所的」，就樂得放肆，看見我不喜歡的人乾脆呆着臉理都不理，甚至瞪着眼睛看人，好像他不是人而是物。決沒有誰會責備我目中無人，因為我自己早已不是人了。這是「顛倒過來」了意想不到的妙處。

可是到廁所來的人，平時和我不熟的也相當禮貌。那裏是背人的地方，平時相熟的都會悄悄慰問一聲：「你還行嗎？」或「頂得住嗎？」或關切我身體如何，或問我生活有沒有問題。我那頂假髮已經幾次加工改良。有知道我戴假髮的，會湊近細看說：「不知道的就看不出來。」有人會使勁「咳！」一聲表示憤慨。有一個平時也並不很熟的年輕人對我做了個富有同情的鬼臉，我不禁和她相視而笑了。事過境遷，羣眾有時還談起我收拾廁所的故事。可是我忘不了的，是那許多人的關心和慰問，尤其那個可愛的鬼臉。

三 一位騎士和四個妖精

我變成「牛鬼蛇神」之後，革命羣眾俘虜了我翻譯的《堂吉訶德》，並活捉了我筆下的「四個大妖精」。堂吉訶德是一位正派的好騎士，儘管做了俘虜，也決不肯損害我。四個大妖精卻調皮搗蛋，造成了我的彌天大罪。不過仔細想來，妖精還是騎士招來的。「罪證」往往意想不到。我白白的終夜睜着兩眼尋尋覓覓，竟沒有發現偌大四個妖精，及早判處他們火刑。

我剃成陰陽頭的前夕，出版社的一個造反派到學部來造反，召我們外文所的牛鬼蛇神晚飯後到大蓆棚挨鬥。（默存他們一夥挨鬥是另一天，他們許多人都罰跪了。）我回家吃完晚飯出門，正值暴雨。我撐着雨傘，穿上高統膠鞋，好不容易擠上公共汽車；下車的時候，天上的雨水真是大盆大盆的潑下來，街上已積水成河。我趕到蓆棚，衣褲濕了大半，膠鞋裏傾出半靴子雨水。我已經遲到，不知哪兒來的高帽子和硬紙大牌子都等着我了。我忙戴上帽子，然後舉起雙手，想把牌子掛上脖子，可是帽子太高，我兩臂高不過帽子。旁邊「革命羣眾」的一員靜靜地看着，指點說：「先戴牌子，再戴帽子呀。」我經他提醒，幾乎失笑，忙摘下帽子，按他的話先掛牌子，然後戴上高帽。我不過是陪鬥，主犯是誰我也不清楚，覺得挨罵的不是我，反正我低頭站在台邊上就是了。揪鬥完畢，革命小將下了一道命令：「把你們的黑稿子都交出來！」

「黑稿子？」什麼是「黑稿子」呢？據我同夥告訴我，我翻譯的《吉爾·布拉斯》「誨淫誨盜」，想必是「黑」的了。《堂吉訶德》是不是「黑」呢？堂吉訶德是地主，桑丘是農民，書上沒有美化地主，歪曲農民嗎？巨人怪獸，不都是迷信嗎？想起造反派咄咄逼人的威勢，不敢不提高警惕。我免得這部稿子遭殃，還是請革命羣眾來判定黑白，料想他們總不至於把這部稿子也說成「黑稿子」。

《堂吉訶德》原著第一、第二兩部各四冊，共八冊，我剛譯完第六冊的一半。我每次謄清了譯稿，就把草稿扔了。稿紙很厚，我準備在上面再修改加工的。這一大疊稿子重得很，我用牛皮紙包好，用麻繩捆上，再用紅筆大字寫上「《堂吉訶德》譯稿」。我抱着這個沉重的大包擠上車，擠下車，還得走一段路。雨後泥濘，路不好走，我好不容易抱進辦公室去交給組秘書。我看準他為人憨厚，從來不「左得可怕」。我說明譯稿只此一份，沒留底稿，並說，不知這部稿子是否「黑」。他很同情地說「就是嘛！」顯然他不贊成沒收。可是我背後另一個聲音說：「交給小C。」小C原是通信員，按「顛倒過來」的原則，他是很有地位的負責人。原來那時候革命羣眾已經分裂為兩派了，小C那一派顯然認為《堂吉訶德》是「黑稿子、該沒收」。小C接過稿子抱着要走，組秘書鄭重叮囑說，「可這是人家的稿子啊，只有這一份，得好好兒保管。」小C不答，拿着稿子走了。我只好倒抽一口冷氣，眼睜睜看着堂吉訶德做了俘虜。那一天真是我不幸的一天，早上交出《堂吉訶德》譯稿，晚上給剃成「陰陽頭」。

不久以後，一個星期日，不知哪個革命團體派人來我家沒收尚未發表的創作稿。我早打定主意，什麼稿子都不交出去了。我乾脆說：「沒有。」他又要筆記本。我隨手打開抽屜，拿到兩本舊筆記，就交給他。他說：「我記得你不止兩本。」的確不止兩本，可是當時我只拿到兩本。我說：「沒有了」。那位年輕人也許本性溫和，也許有袒護之意，並不追問，也不搜查，就回去交差了。他剛走不久，我就找出一大疊整齊的筆記本，原來交出去的那兩本是因為記得太亂，不打算保留的，所以另放一處。

我經常失眠，有時精神不振，聽報告總專心做筆記，免得瞌睡。我交出去的兩本是倦極亂記的，我不便補交，乾脆把沒交的一疊筆記銷毀了事，這件事就置之腦後了。

一九六七年夏，我所的革命羣眾開始解放牛鬼蛇神。被解放的就「下樓」了。我是首批下樓的二人之一。從「牛棚」「下樓」，還得做一番檢討。我認真做完檢討，滿以為羣眾提些意見就能通過，不料他們向我質問「四個大妖精」的罪行。我呆了半晌，丈二的金剛摸不着頭腦。哪裏跳出來四個大妖精呢？有人把我的筆記本打開，放在我眼前，叫我自己看。我看了半天，認出「四個大妖精」原來是「四個大躍進」，想不到怎麼會把「大躍進」寫成「大妖精」，我腦筋裏一點影子都沒有。筆記本上，前後共有四次「四個大躍進」，只第二次寫成「四個大妖精」。我只自幸沒把糧、棉、煤、鐵畫成實物，加上眉眼口鼻，添上手腳，畫成跳舞的妖精。這也可見我確在悉心聽講，忙着記錄，只一念淘氣，把「大躍進」寫成「大妖精」。可是嚴肅的革命羣眾對「淘氣」是不能理解的，至少是不能容忍的。我便是長了一百張嘴，也不能為自己辯白，有人甚至把公認為反動的「潛意識論」也搬來應用，說我下意識裏蔑視那位做報告的首長。假如他們「無限上綱」——也不必「無限」，只要稍為再往上提提，說我蔑視的是「大妖精」，也許就把我嚇倒了。可是做報告的首長正是我敬佩而愛戴的，從我的上意識到下意識，絕沒有蔑視的影蹤。他們強加於我的「下意識」，我可以很誠實地一口否認。

我只好再作檢討。一個革命派的「頭頭」命我把檢討稿先讓他過目。我自以為檢討得很好，他卻認為「很不夠」。他說：「你該知道，你筆記上寫這種話，等於寫反動標語。」我抗議說：「那是我的私人筆記。假如上面有反動標語，張貼有罪。」他不答理，我不服氣，不肯重作檢討，自己解放了自己。不過我這件不可饒恕的罪行，並沒有不了了之。後來我又為這事兩次受到嚴厲的批評；假如要追究的話，至今還是個未了的案件。

我說四個妖精都由堂吉訶德招來，並不是胡賴，而是事實。我是個死心眼兒，每次訂了工作計劃就一定要求落實。我訂計劃的時候，精打細算，自以為很「留有餘地」。我一星期只算五天，一月只算四星期，一年只算十個月。一年三百六十五天，只有二百個工作日，我覺得太少了，還不到一年三分之二。可是，一年要求二百個工作日，真是難之又難，簡直辦不到。因為面對書本，埋頭工作，就導致不問政治，脱離實際。即使沒有「運動」的時候，也有無數的學習會、討論會、報告會等等，佔去不少時日，或把可工作的日子割裂得零零碎碎。如有什麼較大的運動，工作往往全部停頓。我們哪一年沒有或大或小的「運動」呢？

政治學習是一項重要的工作。我也知道應該認真學習，積極發言。可是我認為學習和開會耗費時間太多，耽誤了業務工作。學習會上我聽到長篇精彩的「發言」，心裏敬佩，卻學不來，也不努力學。我只求「以勤補拙」；拙於言辭，就勤以工作吧。這就推我走上了「白專道路」。

「白專道路」是逆水行舟。凡是走過這條道路的都會知道，這條路不好走。而翻譯工作又是沒有彈性的，好比小工鋪路，一小時鋪多少平方米，欠一小時就欠多少平方米——除非胡亂塞責，那是另一回事。我如果精神好，我就超額多幹；如果工作順利，就是說，原文不太艱難，我也超額多幹。超額的成果我留作「私蓄」，有虧欠可以彌補。攢些「私蓄」很吃力，四五天攢下的，開一個無聊的會就耗盡了。所以我老在早作晚息攢「私蓄」，要求工作能按計劃完成。便在運動高潮，工作停頓的時候，我還偷工夫一點一滴的攢。《堂吉訶德》的譯稿，大部份由涓涓滴滴積聚而成。我深悔一心為堂吉訶德攢「私蓄」，卻沒為自己積儲些多餘的精力，以致妖精乘虛而入。我做了牛鬼蛇神，每夜躺着想這想那，卻懵懵懂懂，一點沒想到有妖精鑽入筆記。我把這點疏失歸罪於堂吉訶德，我想他老先生也不會嗔怪的。

我曾想盡辦法，要把堂吉訶德救出來。我向沒收「黑稿子」的「頭頭」們要求暫時發還我的「黑稿子」，讓我按着「黑稿子」，檢查自己的「黑思想」。他們並不駁斥我，只說，沒收的「黑稿子」太多，我那一份找不到了，我每天收拾女廁，費不了多少時間，同夥還沒掃完院子，我早已完事。我覺得單獨一人傻坐在辦公室裏不大安全，所以自願在羣眾的辦公室外面掃掃窗台，抹抹玻璃，借此消磨時光。從堂吉訶德被俘後，我就想借此尋找他的蹤跡。可是我這位英雄和古代小說裏的美人一樣，「侯門一入深似海」，我每間屋子都張望過了；沒見到他的影子。

過年以後，有一次我們牛鬼蛇神奉命打掃後樓一間儲藏室。我忽從凌亂的廢紙堆裏發現了我那包《堂吉訶德》譯稿。我好像找到了失散多年的兒女，忙抱起放在一隻凳上，又驚又喜地告訴同夥：「我的稿子在這裏呢！」我打算冒險把稿子偷走。出門就是樓梯，下樓就沒人看守；抱着一個大紙包大模大樣在樓梯上走也不像做賊，樓下的女廁雖然不是我打掃的，究竟是個女廁，我可以把稿子暫時寄放，然後抱回家去。當然會有重重險阻，我且走一步是一步。監視我們的是個老幹部。我等他一轉背，就把稿子搶在手裏，可是剛舉步，未及出門，我同夥一個牛鬼蛇神——他是怕我犯了錯誤牽累他嗎？那可怪不到他呀；他該是出於對我的愛護吧？他指着我大喝一聲：「楊季康，你要幹什麼？」監視的幹部轉過身來，詫異地看着我。我生氣說：「這是我的稿子！」那位幹部才明白我的用意。他倒並不責問，只軟哄說：「是你的稿子。可是現在你不能拿走，將來到了時候，會還給你。」我說：「扔在廢紙堆裏就丟了。我沒留底稿，丟了就沒了！」我不記得當時還說了什麼「大話」，因為我覺得這是吃了公家的飯幹的工作，不是個人的事。他答應好好兒保藏，隨我放在哪裏都行。我先把稿子放在書櫃裏，又怕佔了太好的位置，別人需要那塊地方，會把稿子扔出來。所以我又把稿子取出，謹謹慎慎放在書櫃頂上，歎口氣，硬硬心，撇下不顧。

軍工宣隊進駐學部以後，「牛鬼蛇神」多半恢復人身，重又加入羣眾隊伍，和他們一起學習。我請學習小組的組長向工人師傅要求發還我的譯稿，因為我自知人微言輕，而他們也不懂得沒收稿子的緣由。組長說：「那是你的事，你自己去問。」我得耐心等待機會。工人師傅們一下班就興沖沖地打球，打完球又忙着監督我們學習，機會真不易得。幾個月來，我先後三次鑽得空子，三次向他們請求。他們嘴裏答應，顯然是置之不理。直到下放幹校的前夕，原先的組秘書當了我們組的學習組長。我晚上學習的時候，遞了一個條子給他。第二天早上，他問明我那包稿子所在，立即親自去找來，交給我說：「快抱回家去吧！」

落難的堂吉訶德居然碰到這樣一位扶危濟困的騎士！我的感激，遠遠超過了我對許多人、許多事的惱怒和失望。

四　精彩的表演

我不愛表演，也不善表演，雖然有一次登上了吉祥大戲院的大舞台，我仍然沒有表演。

那次是何其芳同志等「黑幫」挨鬥，我們夫婦在陪鬥之列。誰是導演，演出什麼戲，我全忘了，只記得氣氛很緊張，我卻困倦異常。我和默存並坐在台下，我低着頭只顧瞌睡。台上的檢討和台下的呵罵（只是呵罵，並未動武），我都置若罔聞。忽有人大喝：「楊季康，你再打瞌睡就揪你上台！」我忙睜目抬頭，覺得嘴裏發苦，知道是心上慌張。可是一會兒我又瞌睡了，反正揪上台是難免的。

我們夫婦先後都給點名叫上舞台。登台就有高帽子戴。我學得訣竅，注意把帽子和地平線的角度盡量縮小，形成自然低頭式。如果垂直戴帽，就得把身子彎成九十度的直角才行，否則羣眾會高喊：「低頭！低頭！」陪鬥的不低頭，還會殃及主犯。當然這種訣竅，只有不受注意的小牛鬼蛇神才能應用。我把帽子往額上一按，緊緊扣住，不使掉落，眉眼都罩在帽子裏。我就站在舞台邊上，學馬那樣站着睡覺。誰也不知我這個跑龍套的正在學馬睡覺。散場前我給人提名叫到麥克風前，自報姓名，自報身份，挨一頓混罵，就算了事。當初坐在台下，唯恐上台；上了台也就不過如此。我站在台上陪鬥，不必表演；如果坐在台下，想要充當革命羣眾，除非我對「犯人」也像他們有同樣的憤怒才行，不然我就難了。說老實話，我覺得與其罵人，寧可挨罵。因為罵人是自我表演，挨罵是看人家有意識或無意識的表演——表演他們對我的心意，而無意中流露的真情，往往是很耐人尋味的。

可是我意想不到，有一次竟不由自主，演了一出精彩的鬧劇，充當了劇裏的主角。

《幹校六記》的末一章裏，提到這場專為我開的鬥爭會。羣眾審問我：「給錢鍾書通風報信的是誰？」

我說：「是我。」

「打着手電筒貼小字報的是誰？」

我說：「是我——為的是提供線索，讓同志們據實調查。」

台下一片怒斥聲。有人說：「誰是你的『同志』！」

我就乾脆不稱「同志」，改稱「你們」。

聰明的夫婦彼此間總留些空隙，以便劃清界線，免得互相牽累。我卻一口擔保，錢鍾書的事我都知道。當時羣情激憤——包括我自己。有人遞來一面銅鑼和一個槌子，命我打鑼。我正是火氣衝天，沒個發洩處；當下接過銅鑼和槌子，下死勁大敲幾下，聊以泄怒。這來可翻了天了。台下鬧成一片，要驅我到學部大院去遊街。一位中年老幹部不知從哪裏找來一塊被污水浸黴發黑的木板，絡上繩子，叫我掛在頸上。木板是滑膩膩的，掛在脖子上很沉。我戴着高帽，舉着銅鑼，給羣眾押着先到稠人廣眾的食堂去繞一周，然後又在院內各條大道上「遊街」。他們命我走幾步就打兩下鑼，叫一聲「我是資產階級知識份子！」我想這有何難，就難倒了我？況且知識份子不都是「資產階級知識份子」嗎？叫又何妨！我暫時充當了《小癩子》裏「叫喊消息的報子」；不同的是，我既是罪人，又自報消息。當時雖然沒人照相攝入鏡頭，我卻能學孫悟空讓「元神」跳在半空中，觀看自己那副怪模樣，背後還跟着七長八短一隊戴高帽子的「牛鬼蛇神」。那場鬧劇實在是精彩極了，至今回憶，想像中還能見到那個滑稽的隊伍，而我是那個隊伍的首領！

羣眾大概也忘不了我出的「洋相」，第二天見了我直想笑。有兩人板起臉來訓我：誰膽敢抗拒羣眾，叫他碰個頭破血流。我很爽氣大度，一口承認抗拒羣眾是我不好，可是我不能將無作有。他們倒還通情達理，並不再強逼我承認默存那樁「莫須有」的罪名。我心想，你們能逼我「遊街」，卻不能叫我屈服。我忍不住要模傚桑丘．潘沙的腔吻說：「我雖然『遊街』出醜，我仍然是個有體面的人！」

五　簾子和爐子

秋涼以後，革命羣眾把我同組的「牛鬼蛇神」和兩位本所的「黑」

領導安頓在樓上東側一間大屋裏。屋子有兩個朝西的大窗，窗前掛着蘆葦簾子。經過整個夏季的曝曬，窗簾已陳舊破敗。我們收拾屋子的時候，打算撤下簾子，讓屋子更軒亮些。

「牛鬼蛇神」的稱呼已經不常用；有的稱為「老傢伙」。「老傢伙」的名稱也不常用，一般稱「老先生」。我在這一夥裏最小——無論年齡、資格、地位都最小，揪出也最晚。同夥的「牛鬼蛇神」瞧我揪出後沒事人兒一般，滿不在意，不免詫怪。其實，我挨整的遭數比他們多（因為我一寫文章就「放毒」，也就是說，下筆就露餡兒，流露出「人道主義」、「人性論」等資產階級觀點）。他們自己就整過我。況且他們是紅專家，至少也是粉紅專家，或外紅裏白專家，我卻「白」而不「專」，也稱不上「家」。這回他們和我成了「一丘之貉」，當然委屈了他們，榮幸的是我。我們既然同是淪落人，有一位老先生慨然說：

「咱們是難友了。」

陳翔鶴同志一次曾和他的難友發了一點小牢騷，立即受到他領導好一頓訓斥，因此他警告默存：「當心啊，難友會賣友。」我為此也常有戒心。不過我既然和難友風雨同舟，出於「共濟」的精神，我還是大膽獻計說：「別撤簾子。」他們問「為什麼？」我說：「革命羣眾進我們屋來，得經過那兩個朝西的大窗。隔着簾子，外面看不見裏面，裏面卻看得見外面，我們可以早作準備。」他們觀察實驗了一番，證明我說的果然不錯。那兩個大破簾子就一直掛着，沒有撤下。

一位難友曾說：「一天最關鍵的時刻是下午四時。傳我們去訓話或問話往往在四點以前，散會後羣眾就可以回家。如果到四點沒事，那一天就平安過去了。」他的觀察果然精確。不過自從我們搬入那間大屋，革命羣眾忙於打派仗，已不大理會我們。我們只要識趣，不招他們就沒事。我們屋裏有幾隻桌子的抽屜是鎖着的，一次幾個革命羣眾洶洶然闖進來，砸開鎖，抄走了一些文件。我們都假裝不見，等他們走了才抬頭吐氣。砸鎖、抄東西的事也只偶然一見。我們有簾子隱蔽着，又沒有專人監督，實在很自由。如果不需寫交代或做檢查，可以專心學習馬列經典，也不妨傳閱小報，我抽屜裏還藏着自己愛讀的書。革命羣眾如有事要找我們，等他們進屋，准發現我們一個個都規規矩矩地伏案學習呢。

那間屋子裏沒有暖氣片，所以給我們裝了一隻大火爐。我們自己去拾木柴，揀樹枝。我和文學所的木工老李較熟；我到他的木工房去借得一把鋸子，大家輪着學鋸木頭。我們做過些小煤餅子，又搬運些煤塊，輪流着生火和封火；封滅了明天重生，檢查之類的草稿正可用來生火。學部的暖氣並不全天供暖，我們的爐子卻整日熊熊旺盛。兩位領導都回家吃飯，我們幾個「老先生」各帶一盒飯，先後在爐子上烤熱了吃，比飯堂裏排隊買飯方便得多。我們飯後各據一隅，拼上幾隻椅子權當臥榻，疊幾本書權當枕頭，胡亂休息一會兒。起來了大家一起説説閑話，講講家常，雖然不深談，也發點議論，談些問題。有時大家懊悔，當初該學理科，不該學文學，有時我們分不清什麼是「大是非」，什麼是「小是非」，一起捉摸研究。有時某人出門買些糖食，大家分享。常言道：「文人相輕」；又説是：「同行必妒」。我們既是文人，又是同行，居然能融融洽洽，同享簾子的蔽護和爐子的温暖，實在是難而又難的難友啊！

六　披着狼皮的羊

我們剛做「牛鬼蛇神」，得把自我檢討交「監管小組」審閱。第一次的審閱最認真，每份發回的檢討都有批語。我得的批語是「你這頭披着羊皮的狼！」同夥所得的批語都一樣嚴厲。我們詫怪說：「誰這麼厲害呀？」不久我們發現了那位審閱者，都偷偷端詳了他幾眼。他面目十分和善，看來是個謹厚的人。我不知他的姓名，按提綽號的慣例，把他本人的話做了他的名字，稱為「披着羊皮的狼」，可是我總顛倒說成「披着狼皮的羊」，也許我覺得他只是披着狼皮的羊。

探險不必像堂吉訶德那樣走遍世界。在我們當時的處境，隨時隨地都有險可探。我對革命羣眾都很好奇，忍不住先向監管小組「探險」。一次我們宿舍大院裏要求家家戶戶的玻璃窗上都用朱紅油漆寫上語錄。我們大樓的玻璃窗只能朝外開，我家又在三樓，不能站在窗外寫；所以得在玻璃內面，按照又笨又複雜的方式，填畫成反寫的楷書，外面看來就成正文。我為這項任務向監管小組請一天假。那位監管員毫不為難，一口答應。我不按規格，用左手寫反字，不到半天就完成了工作，「偷得『劳』生『半』日閑」獨在家裏整理並休息。不久我找另一位監管員又輕易請得一天假。我家的煤爐壞了，得修理。這個理由比上次的理由更不充分。他很可以不准，叫我下班後修去。可是他也一口答應了。我只費了不到半天工夫，自己修好了；又「偷得劳生半日閑」。過些時候，我向那位「披着狼皮的羊」請假看病。他並不盤問我看什麼病，很和善地點頭答應。我不過小小不舒服，沒上醫院，只在家休息，又偷得一日清閑。我漸漸發現，監管小組裏個個都是「披着狼皮的羊」。

秋涼以前，我們都在辦公室裏作息。樓上只有女廁有自來水。樓上辦公室裏寫大字報的同志，如要洗筆，總帶些歉意，很客氣地請我代洗。飯後辦公室人多嘈雜，我沒個休息處。革命羣眾中有個女同志頗有膽量，請我到她屋裏去歇午。她不和我交談，也不表示任何態度，但每天讓我在她屋裏睡午覺。有一次我指上扎了個刺，就走進革命羣眾的辦公室，伸出一個指頭說「扎了個刺」。有一位女同志很盡心地為我找了一枚針，耐心在光亮處把刺挑出來。其實扎了個刺很可以耐到晚上回家再說，我這來仍是存心「探險」。我漸次發現，我們所裏的革命羣眾，都是些披着狼皮的羊。

我們當了「牛鬼蛇神」最怕節日，因為每逢過節放假，革命羣眾必定派下許多「課外作業」。我們得報告假日做了什麼事，見了什麼人；又得寫心得體會。放假前還得領受一頓訓話，記着些禁令（如不准外出等）。可是有一次，一個新戰鬥團體的頭頭放假前對我們的訓話不同一般。我們大家都承認過一項大罪：「拒絕改造」。他說，「你們該實事求是呀，你們難道有誰拒絕改造了嗎？『拒絕改造』和『沒改造好』難道是一回事嗎？」我聽了大為安慰，驚奇地望着他，滿懷感激。我自從失去人身，難得聽到「革命羣眾」說這等有人性的語言。

我「下樓」以後，自己解放了自己，也沒人來管我。有一次，革命羣眾每人發一枚紀念章和一部毛選。我厚着臉去討，居然得了一份。我是為了試探自己的身份，有個曾經狠狠挨整的革命派對我說，「我們受的罪比你們受的厲害多了，我還挨了打呢。」不錯呀，砸抽屜、抄文件的事我還如在目前。不久後，得勢的革命派也打下去了。他們一個個受審問，受逼供，流着眼淚委屈認罪。這使我想到上山下鄉後的紅衛兵，我在幹校時見到兩個。他們住一間破屋，每日揀些柴草，煮些白薯南瓜之類當飯吃，沒有工作，也沒人管，也沒有一本書，不知長年累月是怎麼過的。我做「過街老鼠」的日子，他們如餓狼一般，多可怕啊。曾幾何時，他們不僅脱去了狼皮，連身上的羊毛也在嚴冬季節給剝光了。我已悟到「寃有頭，債有主」；我們老傢伙也罷，革命小將也罷，誰也不是誰的敵人。反正我對革命的「後生」不再怕懼。

在北京建築地道的時期，攤派每戶做磚，一人做一百塊，得自己到城牆邊去挖取泥土，然後借公家的模子製造，曬乾了交公。那時默存已下幹校，女兒在工廠勞動，我一人得做磚三百塊。這可難倒了我，千思萬想，沒個辦法。我只好向一位曾監管我的小將求救。我說：「咱倆換工，你給我做三百塊磚，我給你打一套毛衣。」他笑嘻嘻一口答應。他和同伴替我做了磚，卻說我「這麼大年紀了」，不肯要我打毛衣。我至今還欠着那套毛衣。

幹校每次搬家，箱子都得用繩子纏捆，因為由卡車運送，行李多，車輛小，壓擠得厲害。可是我不復像下幹校的時候那樣，事事得自己動手，總有當初「揪出」我們的革命羣眾為我纏捆。而且不用我求，「披狼皮的羊」很多是大力士，他們會關心地問我：「你的箱子呢？捆上了嗎？」或預先對我說好：「我們給你捆」。默存同樣也有人代勞。我們由幹校帶回家的行李，纏捆得尤其周密，回家解開繩索，發現一隻大木箱的蓋已經脱落，全靠纏捆得好，箱裏的東西就像是裝在完好的箱子裏一樣。

我在幹校屬菜園班，有時也跟着大隊到麥田或豆田去鋤草，隊長分配工作説：「男同志一人管四行，女同志一人管兩行——楊季康，管一行。」來自農村的年輕人幹農活有一手。有兩個能手對我說：「你一行也別管，跟我們來，我們留幾根『毛毛』給你鋤。」他們一人至少管六行，一陣風似的掃往前去。我跟在後面，鋤他們特意留給我的幾根「毛毛」。不知道的人，也許還以為我是勞模呢。

默存同樣有人照顧。我還沒下幹校的時候，他來信說，熱水瓶砸了，借用別人的，不勝戰戰兢兢。不久有個素不相識的年輕人來找我，說他就要下幹校，願為「錢先生」帶熱水瓶和其他東西。他說：「不論什麼東西，你交給我就行，我自有辦法。」熱水瓶，還有裝滿藥水的瓶，還有許多不便郵寄的東西，他都要求我交給他帶走。默存來信說，吃到了年輕人特為他做的葱燒鯽魚和油爆蝦，在北京沒吃過這等美味。幹校搬到明港後，他的床位恰在北窗下，窗很大。天氣冷了，我一次去看他，發現整個大窗的每條縫縫都糊得紋絲不透，而且乾淨整齊，玻璃也擦得雪亮，都是「有事弟子服其勞」。我每想到他們對默存的情誼，心上暖融融地感激。

我們從牛棚下樓後，房子分掉一半。幹校回來，強鄰難與相處，不得已只好逃亡。我不敢回屋取東西，怕吃了眼前虧還說不清楚。可是總有人為我保鏢，幫我拿東西。我們在一間辦公室裏住了三年。那間房，用我們無錫土話，叫做「坑缸連井灶」；用北方俗語，就是兼供「吃喝拉撒」的，聽來是十足的陋室。可是在那三年裏的生活，給我們留下無窮回味。文學所和外文所的年輕人出於同情，為我們把那間堆滿什物的辦公室騰出來，打掃了屋子；擦洗了門窗，門上配好鑰匙，窗上掛好窗簾，還給拉上一條掛毛巾的鐵絲。默存病喘，暖氣片供暖不足，他們給裝上爐子，並從煤廠拉來一車、一車又一車的煤餅子，疊在廊下；還裝上特製的風斗，免中煤氣。默存的筆記本還鎖在原先的家裏，塵上堆積很厚。有人陪我回去，費了兩天工夫，整理出五大麻袋，兩天沒好生吃飯，卻飽餐塵土。默存寫《管錐編》經常要核對原書。不論中文外文書籍，他要什麼書，書就應聲而來。如果是文學所和外文所都沒有的書，有人會到北大圖書館或北京圖書館去借。如果沒有這種種幫忙，《管錐編》不知還得延遲多少年月才能完成呢。

我們「流亡」期間，默存由感冒引起喘病，輸氧四小時才搶救出險。他因大腦皮層缺氧，反應失常，手腳口舌都不靈便，狀如中風，將近一年才回復正常。醫生囑咐我，千萬別讓他感冒。這卻很難擔保。我每開一次大會，必定傳染很重的感冒。我們又同住一間小小的辦公室，我怕傳染他，只好拼命吃藥；一次用藥過重，暈得不能起床。大會總是不該缺席的會，我不能為了怕感冒而請假。我同所的年輕人常「替我帶一隻耳朵」去聽着，就是說，為我詳細做筆記，供我閱讀，我就偷偷賴掉好些大會和小會，不但免了感冒，也省下不少時間。我如果沒有他們幫忙，我翻譯的《堂吉訶德》也不知得拖延多久才能譯完。關注和照顧我們的，都是丙午丁未年間「披着狼皮的羊」。

七　烏雲的金邊

按西方成語：「每一朵烏雲都有一道銀邊」。丙午丁未年同遭大劫的人，如果經過不同程度的摧殘和折磨，彼此間加深了一點瞭解，孳生了一點同情和友情，就該算是那一片烏雲的銀邊或竟是金邊吧？——因為烏雲愈是厚密，銀色會變為金色。

常言「彩雲易散」，烏雲也何嘗能永遠佔領天空。烏雲蔽天的歲月是不堪回首的，可是停留在我記憶裏不易磨滅的，倒是那一道含蘊着光和熱的金邊。

記錢鍾書與《圍城》

自從一九八〇年《圍城》在國內重印以來，我經常看到鍾書對來信和登門的讀者表示歉意：或是誠誠懇懇地奉勸別研究什麼《圍城》；或客客氣氣地推説「無可奉告」；或者竟是既欠禮貌又不講情理的拒絕。一次我聽他在電話裏對一位求見的英國女士説：「假如你吃了個雞蛋覺得不錯，何必認識那下蛋的母雞呢？」我直擔心他衝撞人。胡喬木同志偶曾建議我寫一篇〈錢鍾書與《圍城》〉。我確也手癢，但以我的身份，容易寫成鍾書所謂「亡夫行述」之類的文章。不過我既不稱讚，也不批評，只據事紀實；鍾書讀後也承認沒有失真。這篇文章原是朱正同志所編《駱駝叢書》中的一冊，也許能供《圍城》的偏愛者參考之用。

一九八五年十二月

一　錢鍾書寫《圍城》

錢鍾書在《圍城》的序裏說，這本書是他「錙銖積累」寫成的。我是「錙銖積累」讀完的。每天晚上，他把寫成的稿子給我看，急切地瞧我怎樣反應。我笑，他也笑；我大笑，他也大笑。有時我放下稿子，和他相對大笑，因為笑的不僅是書上的事，還有書外的事。我不用說明笑什麼，反正彼此心照不宣。然後他就告訴我下一段打算寫什麼，我就急切地等着看他怎麼寫。他平均每天寫五百字左右。他給我看的是定稿，不再改動。後來他對這部小說以及其他「少作」都不滿意，恨不得大改特改，不過這是後話了。

鍾書選註宋詩，我曾自告奮勇，願充白居易的「老嫗」——也就是最低標準；如果我讀不懂，他得補充註釋。可是在《圍城》的讀者裏，我卻成了最高標準。好比學士通人熟悉古詩文裏詞句的來歷，我熟悉故事裏人物和情節的來歷。除了作者本人，最有資格為《圍城》做註釋的，該是我了。

看小說何需註釋呢？可是很多讀者每對一本小說發生興趣，就對作者也發生興趣，並把小說裏的人物和情節當作真人實事。有的乾脆把小說的主角視為作者本人。高明的讀者承認作者不能和書中人物等同，不過他們說，作者創造的人物和故事，離不開他個人的經驗和思想感情。這話當然很對。可是我曾在一篇文章裏指出：創作的一個重要成份是想像，經驗好比黑暗裏點上的火，想像是這個火所發的光；沒有火就沒有光，但光照所及，遠遠超過火點兒的大小【註】。創造的故事往往從多方

【註】參看我的《事實—故事—真實》(《文學評論》一九八零年第三期)。

面超越作者本人的經驗。要從創造的故事裏返求作者的經驗是顛倒的。作者的思想情感經過創造，就好比發過酵而釀成了酒；從酒裏辨認釀酒的原料，大非易事。我有機緣知道作者的經歷，也知道釀成的酒是什麼原料，很願意讓讀者看看真人實事和虛構的人物情節有多麼大的距離，而且是怎樣的錯亂。許多所謂寫實的小說，其實是改頭換面地敘寫自己的經歷，提升或滿足自己的感情。這種自傳體的小說或小說體的自傳，實在是浪漫的紀實，不是寫實的虛構。而《圍城》卻是一部虛構寫實的小說，儘管讀來好像真有其事，真有其人，其實全是創造。

《圍城》裏寫方鴻漸本鄉出名的行業是打鐵、磨豆腐，名產是泥娃娃。有人讀到這裏，不禁得意地大哼一聲說：「這不是無錫嗎？錢鍾書不是無錫人嗎？他不也留過洋嗎？不也在上海住過嗎？不也在內地教過書嗎？」有一位專愛考據的先生，竟推斷出錢鍾書的學位也靠不住，方鴻漸就是錢鍾書的結論更可以成立了。

錢鍾書是無錫人，一九三三年畢業於清華大學，在上海光華大學教了兩年英語，一九三五年考取英庚款到英國牛津留學，一九三七年得文學學士(B. Litt.)學位，然後到法國，入巴黎大學進修。他本想讀學位，後來打消了原意。一九三八年，清華大學聘他為教授，據那時候清華的文學院長馮友蘭先生來函說，這是破例的事，因為按清華舊例，初回國教書只當講師，由講師升副教授，然後升為教授。鍾書九、十月間回國，在香港上岸，轉昆明到清華任教。那時清華已併入西南聯大。他父親原是國立浙江大學教授，應老友廖茂如先生懇請，到湖南藍田幫他創建國立師範學院；他母親弟妹等隨叔父一家逃難住上海。一九三九年秋，鍾書自昆明回上海探親後，他父親來信來電，說自己老病，要鍾書也去湖南照料。師範學院院長廖先生來上海，反覆勸說他去當英文系主任，以便伺候父親，公私兼顧。這樣，他就未回昆明而到湖南去了。一九四〇年暑假，他和一位同事結伴回上海探親，道路不通，半途折回。一九四一年暑假，他由廣西到海防搭海輪到上海，準備小住幾月再回內地。西南聯大外語系主任陳福田先生到了上海特來相訪，約他再回聯大。值珍珠港事變，他就淪陷在上海出不去了。他寫過一首七律《古意》，內有一聯說：「槎通碧漢無多路，夢入紅樓第幾層」，另一首《古意》又說：「心如紅杏專春鬧，眼似黃梅詐雨晴」，都是寄託當時羈居淪陷區的悵惘情緒。《圍城》是淪陷在上海的時期寫的。

鍾書和我一九三二年春在清華初識，一九三三年訂婚，一九三五年結婚，同船到英國（我是自費留學），一九三七年秋同到法國，一九三八年秋同船回國。我母親一年前去世，我蘇州的家已被日寇搶劫一空，父親避難上海，寄居我姐夫家。我急要省視老父，鍾書在香港下船到昆明，我乘原船直接到上海。當時我中學母校的校長留我在「孤島」的上海建立「分校」。二年後上海淪陷，「分校」停辦，我暫當家庭教師，又在小學代課，業餘創作話劇。鍾書陷落上海沒有工作，我父親把自己在震旦女子文理學院授課的鐘點讓給他，我們就在上海艱苦度日。

有一次，我們同看我編寫的話劇上演，回家後他說：「我想寫一部長篇小說！」我大為高興，催他快寫。那時他正偷空寫短篇小說，怕沒有時間寫長篇。我說不要緊，他可以減少授課的時間，我們的生活很省儉，還可以更省儉。恰好我們的女傭因家鄉生活好轉要回去。我不勉強她，也不另覓女傭，只把她的工作自己兼任了。劈柴生火燒飯洗衣等等我是外行，經常給煤煙染成花臉，或熏得滿眼是淚，或給滾油燙出泡來，或切破手指。可是我急切要看鍾書寫《圍城》(他已把題目和主要內容和我講過)，做灶下婢也心甘情願。

《圍城》是一九四四年動筆，一九四六年完成的。他就像原《序》所說：「兩年裏憂世傷生」，有一種惶急的情緒，又忙着寫《談藝錄》；他三十五歲生日詩裏有一聯：「書癖鑽窗蜂未出，詩情繞樹鵲難安」，正是寫這種兼顧不來的心境。那時候我們住在錢家上海避難的大家庭裏，包括鍾書父親一家和叔父一家。兩家同住分炊，鍾書的父親一直在外地，鍾書的弟弟妹妹弟媳和侄兒女等已先後離開上海，只剩他母親沒走，還有一個弟弟單身留在上海；所謂大家庭也只像個小家庭了。

以上我略敍鍾書的經歷、家庭背景和他撰寫《圍城》時的處境，為作者寫個簡介。下面就要為《圍城》做些註解，讓讀者明白：《圍城》只是小說，是創作而不是傳記。

鍾書從他熟悉的時代、熟悉的地方、熟悉的社會階層取材。但組成故事的人物和情節全屬虛構。儘管某幾個角色稍有真人的影子，事情都子虛烏有；某些情節略具真實，人物卻全是揑造的。

方鴻漸取材於兩個親戚：一個志大才疏，常滿腹牢騷；一個狂妄自大，愛自吹自唱。兩人都讀過《圍城》，但是誰也沒自認為方鴻漸，因為他們從未有方鴻漸的經歷。鍾書把方鴻漸作為故事的中心，常從他的眼裏看事，從他的心裏感受。不經意的讀者會對他由瞭解而同情，由同情而關切，甚至把自己和他合而為一。許多讀者以為他就是作者本人。法國十九世紀小說《包法利夫人》的作者福婁拜曾說：「包法利夫人，就是我。」那麼，錢鍾書照樣可說：「方鴻漸，就是我。」不過還有許多男女角色都可說是錢鍾書，不光是方鴻漸一個。方鴻漸和錢鍾書不過都是無錫人罷了，他們的經歷遠不相同。

我們乘法國郵船阿多士II(Athos II)回國，甲板上的情景和《圍城》裏寫的很像，包括法國警官和猶太女人調情，以及中國留學生打麻將等等。鮑小姐卻純是虛構。我們出國時同船有一個富有曲線的南洋姑娘，船上的外國人對她大有興趣，把她看作東方美人。我們在牛津認識一個由未婚夫資助留學的女學生，聽說很風流。牛津有個研究英國語文的埃及女學生，皮膚黑黑的，我們兩人都覺得她很美。鮑小姐是綜合了東方美人、風流未婚妻和埃及美人而摶捏出來的。鍾書曾聽到中國留學生在郵船上偷情的故事，小說裏的方鴻漸就受了鮑小姐的引誘。鮑魚之肆是臭的，所以那位小姐姓鮑。

蘇小姐也是東鱗西爪湊成的：相貌是經過美化的一個同學，心眼和感情屬於另一人，這人可一點不美；走單幫販私貨的又另是一人。蘇小姐做的那首詩是鍾書央我翻譯的，他囑我不要翻得好，一般就行。蘇小姐的丈夫是另一個同學，小說裏亂點了鴛鴦譜。結婚穿黑色禮服，白硬領圈給汗水浸得又黃又軟的那位新郎，不是別人，正是鍾書自己。因為我們結婚的黃道吉日是一年裏最熱的日子。我們的結婚照上，新人、伴娘、提花籃的女孩子、提紗的男孩子，一個個都像剛被警察拿獲的扒手。

趙辛楣是由我們喜歡的一個五六歲的男孩子變大的，鍾書為他加上了二十多歲年紀。這孩子至今沒有長成趙辛楣，當然也不可能有趙辛楣的經歷。如果作者說：「方鴻漸，就是我。」他准也會說：「趙辛楣，就是我。」

有兩個不甚重要的人物有真人的影子，作者信手拈來，未加融化，因此那兩位相識都「對號入座」了。一位滿不在乎，另一位聽說很生氣。鍾書誇張了董斜川的一個方面，未及其他。但董斜川的談吐和詩句，並沒有一言半語抄襲了現成，全都是捏造的。褚慎明和他的影子並不對號。那個影子的真身比褚慎明更誇張些呢。有一次我和他同乘火車從巴黎郊外進城，他忽從口袋裏掏出一張紙，上面開列了少女選擇丈夫的種種條件，如相貌、年齡、學問、品性、家世等等共十七八項，逼我一一批分數，並排列先後。我知道他的用意，也知道他的對象，所以小心翼翼地應付過去。他接着氣呼呼地對我說：「她們說他(指鍾書)『年少翩翩』，你倒說說，他『翩翩』不『翩翩』。」我應該厚道些，老實告訴他，我初識鍾書的時候，他穿一件青布大褂，一雙毛布底鞋，戴一副老式大眼鏡，一點也不『翩翩』。可是我瞧他認為我該和他站在同一立場，就忍不住淘氣說：「我當然最覺得他『翩翩』。」他聽了怫然，半天不言語。後來我稱讚他西裝筆挺，他驚喜說：「真的嗎？我總覺得自己的衣服不挺，每星期洗熨一次也不如別人的挺。」我肯定他衣服確實筆挺，他才高興。其實，褚慎明也是個複合體，小說裏的那杯牛奶是另一人喝的。那人也是我們在巴黎時的同伴，他尚未結婚，曾對我們講：他愛「天仙的美」，不愛「妖精的美」。他的一個朋友卻欣賞「妖精的美」，對一個牽狗的妓女大有興趣，想「叫一個局」，把那妓女請來同喝點什麼談談話。有一晚，我們一羣人同坐咖啡館，看見那個牽狗的妓女進另一家咖啡館去了。「天仙美」的愛慕者對「妖精美」的愛慕者自告奮勇說：「我給你去把她找來。」他去了好久不見回來，鍾書說：「別給蜘蛛精網在盤絲洞裏了，我去救他吧。」鍾書跑進那家咖啡館，只見「天仙美」的愛慕者獨坐一桌，正在喝一杯很燙的牛奶，四圍都是妓女，在竊竊笑他。鍾書「救」了他回來。從此，大家常取笑那杯牛奶，說如果叫妓女，至少也該喝杯啤酒，不該喝牛奶。准是那杯牛奶作祟，使鍾書把褚慎明拉到飯館去喝奶；那大堆的藥品准也是即景生情，由那杯牛奶生發出來的。

方遯翁也是個複合體。讀者因為他是方鴻漸的父親，就確定他是鍾書的父親，其實方遯翁和他父親只有幾分相像。我和鍾書訂婚前後，鍾書的父親擅自拆看了我給鍾書的信，大為讚賞，直接給我寫了一封信，鄭重把鍾書託付給我。這很像方遯翁的作風。我們淪陷在上海時，他來信說我「安貧樂道」，這也很像方遯翁的語氣。可是，如說方遯翁有二三分像他父親，那麼，更有四五分是像他叔父，還有幾分是捏造，因為親友間常見到這類的封建家長。鍾書的父親和叔父都讀過《圍城》。他父親莞爾而笑；他叔父的表情我們沒看見。我們夫婦常私下捉摸，他們倆是否覺得方遯翁和自己有相似之處。

唐曉芙顯然是作者偏愛的人物，不願意把她嫁給方鴻漸。其實，作者如果讓他們成為眷屬，由眷屬再吵架鬧翻，那麼，結婚如身陷圍城的意義就闡發得更透徹了。方鴻漸失戀後，說趙辛楣如果娶了蘇小姐也不過爾爾，又說結婚後會發現娶的總不是意中人。這些話都很對。可是他究竟沒有娶到意中人，他那些話也就可釋為聊以自慰的話。

至於點金銀行的行長，「我你他」小姐的父母等等，都是上海常見的無錫商人，我不再一一註釋。

我愛讀方鴻漸一行五人由上海到三閭大學旅途上的一段。我沒和鍾書同到湖南去，可是他同行的五人我全認識，沒一人和小說裏的五人相似，連一絲影兒都沒有。王美玉的臥房我倒見過：床上大紅綢面的被子，疊在床裏邊；桌上大圓鏡子，一個女人脫了鞋坐在床邊上，旁邊煎着大半臉盆的鴉片。那是我在上海尋找住房時看見的，向鍾書形容過。我在清華做學生的時期，春假結伴旅遊，夜宿荒村，睡在鋪乾草的泥地上，入夜夢魘，身下一個小娃娃直對我嚷：「壓住了我的紅棉襖」，一面用手推我，卻推不動。那番夢魘，我曾和鍾書講過。蛆叫「肉芽」，我也曾當作新鮮事告訴鍾書。鍾書到湖南去，一路上都有詩寄我。他和旅伴遊雪竇山，有紀遊詩五古四首，我很喜歡第二第三首，我不妨抄下，作為真人實事和小說的對照。

天風吹海水，屹立作山勢；
浪頭飛碎白，積雪疑幾世。
我常觀乎山，起伏有水致；
蜿蜒若沒骨，皺具波濤意。
乃知水與山，思各出其位，
譬如豪傑人，異量美能備。
固哉魯中叟，祇解別仁智。

山容太古靜，而中藏瀑布，

不舍晝夜流，得雨勢更怒。
辛酸亦有淚，貯胸敢傾吐；
略似此山然，外勿改其度。
相契默無言，遠役喜一晤。
微恨多遊蹤，藏焉未為固。
衷曲莫浪陳，悠悠彼行路。

小說裏只提到遊雪竇山，一字未及遊山的情景。遊山的自是遊山的人，方鴻漸、李梅亭等正忙着和王美玉打交道呢。足見可捏造的事豐富得很，實事盡可拋開，而且實事也擠不進這個捏造的世界。

李梅亭途遇寡婦也有些影子。鍾書有一位朋友是忠厚長者，旅途上碰到一個自稱落難的寡婦；那位朋友資助了她，後來知道是上當。我有個同學綽號「風流寡婦」，我曾向鍾書形容她臨睡洗去脂粉，臉上眉眼口鼻都沒有了。大約這兩件不相干的事湊出來一個蘇州寡婦，再碰上李梅亭，就生出「倷是好人」等等妙語奇文。

汪處厚的夫人使我記起我們在上海一個郵局裏看見的女職員。她頭髮枯黃，臉色蒼白，眼睛斜撇向上，穿一件淺紫色麻紗旗袍。我曾和鍾書講究，如果她皮膚白膩而頭髮細軟烏黑，淺紫的麻紗旗袍換成線條柔軟的深紫色綢旗袍，可以變成一個美人。汪太太正是這樣一位美人，我見了似曾相識。

范小姐、劉小姐之流想必是大家熟悉的，不必再介紹。孫柔嘉雖然跟着方鴻漸同到湖南又同回上海，我卻從未見過。相識的女人中間(包括我自己)，沒一個和她相貌相似，但和她稍多接觸，就發現她原來是我們這個圈子裏最尋常可見的。她受過高等教育，沒什麼特長，可也不笨；不是美人，可也不醜；沒什麼興趣，卻有自己的主張。方鴻漸「興趣很廣，毫無心得」；她是毫無興趣而很有打算。她的天地極小，只局限在「圍城」內外。她所享的自由也有限，能從城外擠入城裏，又從城裏擠出城外。她最大的成功是嫁了一個方鴻漸，最大的失敗也是嫁了一個方鴻漸。她和方鴻漸是芸芸知識份子間很典型的夫婦。孫柔嘉聰明可喜的一點是能畫出汪太太的「扼要」：十點紅指甲，一張紅嘴唇。一個年輕女子對自己又羨又妒又瞧不起的女人，會有這種尖刻。但這點聰明還是鍾書賦與她的。鍾書慣會抓住這類「扼要」，例如他能抓住每個人聲音裏的「扼要」，由聲音辨別說話的人，儘管是從未識面的人。

也許我正像堂吉訶德那樣，揮劍搗毀了木偶戲台，把《圍城》裏的人物斫得七零八落，滿地都是硬紙做成的斷肢殘骸。可是，我逐段閱讀這部小說的時候，使我放下稿子大笑的，並不是發現了真人實事，卻是看到真人實事的一鱗半爪，經過拼湊點化，創出了從未相識的人，揑造了從未想到的事。我大笑，是驚喜之餘，不自禁地表示「我能拆穿你的西洋鏡」。錘書陪我大笑，是瞭解我的笑，承認我笑得不錯，也帶着幾分得意。

可能我和堂吉訶德一樣，做了非常掃興的事。不過，我相信，這來可以說明《圍城》絕非真人實事。

二　寫《圍城》的錢鍾書

要認識作者，還是得認識他本人，最好從小時候起。

鍾書一出世就由他伯父抱去撫養，因為伯父沒有兒子。據錢家的「墳上風水」，不旺長房旺小房；長房往往沒有子息，便有，也沒出息，伯父就是「沒出息」的長子。他比鍾書的父親大十四歲，二伯父早亡，他父親行三，叔父行四，兩人是同胞雙生。鍾書是長孫，出嗣給長房。伯父為鍾書連夜冒雨到鄉間物色得一個壯健的農婦；她是寡婦，遺腹子下地就死了，是現成的好奶媽（鍾書稱為「姆媽」）。姆媽一輩子幫在錢家，中年以後，每年要呆呆的發一陣子呆，家裏人背後稱為「癡姆媽」。她在鍾書結婚前特地買了一隻翡翠鑲金戒指，準備送我做見面禮。有人哄她那是假貨，把戒指騙去，姆媽氣得大發瘋，不久就去世了，我始終沒見到她。

鍾書自小在大家庭長大，和堂兄弟的感情不輸親兄弟。親兄弟、堂兄弟共十人，鍾書居長。眾兄弟間，他比較稚鈍，孜孜讀書的時候，對什麼都沒個計較，放下書本，又全沒正經，好像有大量多餘的興致沒處寄放，專愛胡說亂道。錢家人愛說他吃了癡姆媽的奶，有「癡氣」。我們無錫人所謂「癡」，包括很多意義：瘋、傻、憨、稚氣、騃氣、淘氣等等。他父母有時說他「癡顛不拉」、「癡巫作法」、「嘸着嘸落」(「着三不着兩」的意思——我不知正確的文字，只按鄉音寫)。他確也不像他母親那樣沉默寡言、嚴肅謹慎，也不像他父親那樣一本正經。他母親常抱怨他父親「憨」。也許鍾書的「癡氣」和他父親的憨厚正是一脈相承的。我曾看過他們家的舊照片。他的弟弟都精精壯壯，唯他瘦弱，善眉善眼的一副忠厚可憐相。想來那時候的「癡氣」只是稚氣、騃氣，還不會淘氣呢。

鍾書周歲「抓周」，抓了一本書，因此取名「鍾書」。他出世那天，恰有人送來一部《常州先哲叢書》，伯父已為他取名「仰先」，字「哲良」。可是周歲有了「鍾書」這個學名，「仰先」就成為小名，叫作「阿先」。但「先兒」、「先哥」好像「亡兒」、「亡兄」，「先」字又改為「宣」，他父親仍叫他「阿先」。（他父親把鍾書寫的家信一張張貼在本子上，有厚厚許多本，親手貼上題簽「先兒家書（一）（二）（三）……」；我還看到過那些本子和上面貼的信。）伯父去世後，他父親因鍾書愛胡說亂道，為他改字「默存」，叫他少說話的意思。鍾書對我說：「其實我喜歡『哲良』，又哲又良——我閉上眼睛，還能看到伯伯給我寫在練習簿上的『哲良』。」這也許因為他思念伯父的緣故。我覺得他確是又哲又良，不過他「癡氣」盎然的胡說亂道，常使他不哲不良——假如淘氣也可算不良。「默存」這個號顯然沒有起克制作用。

伯父「沒出息」，不得父母歡心，原因一半也在伯母。伯母娘家是江陰富戶，做顏料商發財的，有七八隻運貨的大船。鍾書的祖母娘家是石塘灣孫家，官僚地主，一方之霸。婆媳彼此看不起，也影響了父子的感情。伯父中了秀才回家，進門就挨他父親一頓打，說是「殺殺他的勢氣」；因為鍾書的祖父雖然有兩個中舉的哥哥，他自己也不過是個秀才。鍾書不到一歲，祖母就去世了。祖父始終不喜歡大兒子，鍾書也是不得寵的孫子。

鍾書四歲(我紀年都用虛歲，因為鍾書只記得虛歲，而鍾書是陽曆十一月下旬生的，所以周歲當減一歲或二歲)由伯父教他識字。伯父是慈母一般，鍾書成天跟着他。伯父上茶館，聽説書，鍾書都跟去。他父親不便干涉，又怕慣壞了孩子，只好建議及早把孩子送入小學。鍾書六歲入秦氏小學。現在他看到人家大講「比較文學」，就記起小學裏造句：「狗比貓大，牛比羊大」；有個同學比來比去，只是「狗比狗大，狗比狗小」，挨了老師一頓罵。他上學不到半年，生了一場病，伯父捨不得他上學，借此讓他停學在家。他七歲，和比他小半歲的堂弟鍾韓同在親戚家的私塾附學，他念《毛詩》，鍾韓念《爾雅》。但附學不便，一年後他和鍾韓都在家由伯父教。伯父對鍾書的父親和叔父說：「你們兩兄弟都是我啟蒙的，我還教不了他們？」父親和叔父當然不敢反對。

其實鍾書的父親是由一位族兄啟蒙的。祖父認為鍾書的父親笨，叔父聰明，而伯父的文筆不頂好。叔父反正聰明，由伯父教也無妨；父親笨，得請一位文理較好的族兄來教。那位族兄嚴厲得很，鍾書的父親挨了不知多少頓痛打。伯父心疼自己的弟弟，求了祖父，讓兩個弟弟都由他教。鍾書的父親挨了族兄的痛打一點不抱怨，卻別有領會。他告訴鍾書：「不知怎麼的，有一天忽然給打得豁然開通了。」

鍾書和鍾韓跟伯父讀書，只在下午上課。他父親和叔父都有職業，家務由伯父經管。每天早上，伯父上茶館喝茶，料理雜務，或和熟人聊天。鍾書總跟着去。伯父花一個銅板給他買一個大酥餅吃（據鍾書比給我看，那個酥餅有飯碗口大小，不知是真有那麼大，還是小兒心目中的餅大）；又花兩個銅板，向小書鋪子或書攤租一本小說給他看。家裏的小說只有《西遊記》、《水滸》、《三國演義》等正經小說。鍾書在家裏已開始囫圇吞棗地閱讀這類小說，把「獃子」讀如「豈子」，也不知《西遊記》裏的「獃子」就是豬八戒。書攤上租來的《說唐》、《濟公傳》、《七俠五義》之類是不登大雅的，家裏不藏。鍾書吃了酥餅就孜孜看書，直到伯父叫他回家。回家後便手舞足蹈向兩個弟弟演說他剛看的小說：李元霸或裴元慶或楊林（我記不清）一錘子把對手的槍打得彎彎曲曲等等。他納悶兒的是，一條好漢只能在一本書裏稱雄。關公若進了《說唐》，他的青龍偃月刀只有八十斤重，怎敵得李元霸的那一對八百斤重的錘頭子；李元霸若進了《西遊記》，怎敵得過孫行者的一萬三千斤的金箍棒（我們在牛津時，他和我講哪條好漢使哪種兵器，重多少斤，歷歷如數家珍）。妙的是他能把各件兵器的斤兩記得爛熟，卻連阿拉伯數字的1、2、3都不認識。鍾韓下學回家有自己的父親教，伯父和鍾書卻是「老鼠哥哥同年伴兒」。伯父用繩子從高處掛下一團棉花，教鍾書上、下、左、右打那團棉花，說是打「棉花拳」，可以練軟功。伯父愛喝兩口酒。他手裏沒多少錢，只能買些便宜的熟食如醬豬舌之類下酒，哄鍾書那是「龍肝鳳髓」，鍾書覺得其味無窮。至今他喜歡用這類名稱，譬如洋火腿在我家總稱為「老虎肉」。他父親不敢得罪哥哥，只好伺機把鍾書抓去教他數學；教不會，發狠要打又怕哥哥聽見，只好擰肉，不許鍾書哭。鍾書身上一塊青、一塊紫，晚上脫掉衣服，伯父發現了不免心疼氣惱。鍾書和我講起舊事，對父親的着急不勝同情，對伯父的氣惱也不勝同情，對自己的忍痛不敢哭當然也同情，但回憶中只覺得滑稽又可憐。我笑說：痛打也許能打得「豁然開通」，擰，大約是把竅門擰塞了。鍾書考大學，數學只考得十五分。

鍾書小時候最樂的事是跟伯母回江陰的娘家去；伯父也同去（堂姊已出嫁）。他們往往一住一兩個月。伯母家有個大莊園，鍾書成天跟着莊客四處田野裏閑逛。他常和我講田野的景色。一次大雷雨後，河邊樹上掛下一條大綠蛇，據說是天雷打死的。伯母娘家全家老少都抽大煙，後來伯父也抽上了。鍾書往往半夜醒來，跟着伯父伯母吃半夜餐。當時快樂得很，回無錫的時候，吃足玩夠，還穿着外婆家給做的新衣。可是一回家他就擔憂，知道父親要盤問功課，少不了挨打。父親不敢當着哥哥管教鍾書，可是抓到機會，就着實管教，因為鍾書不但荒了功課，還養成不少壞習氣，如晚起晚睡、貪吃貪玩等。

一九一九年秋天，我家由北京回無錫。我父母不想住老家，要另找房子。親友介紹了一處，我父母去看房子，帶了我同去。鍾書家當時正租居那所房子。那是我第一次上他們錢家的門，只是那時兩家並不相識。我記得母親說，住在那房子裏的一位女眷告訴她，搬進以後，沒離開過藥罐兒。那所房子我家沒看中；錢家雖然嫌房子陰暗，也沒有搬出。他們五年後才搬入七尺場他們家自建的新屋。我記不起那次看見了什麼樣的房子或遇見了什麼人，只記得門口下車的地方很空曠，有兩棵大樹；很高的白粉牆，粉牆高處有一個個砌着鏤空花的方窗洞。鍾書說我記憶不錯，還補充說，門前有個大照牆，照牆後有一條河從門前流過。他說，和我母親說話的大約是嬸母，因為叔父嬸母住在最外一進房子裏，伯父伯母和他住中間一進，他父母親伺奉祖父住最後一進。

我女兒取笑說：「爸爸那時候不知在哪兒淘氣呢。假如那時候爸爸看見媽媽那樣的女孩子，准摳些鼻牛來彈她。」鍾書因此記起舊事說，有個女裁縫常帶着個女兒到他家去做活；女兒名寶寶，長得不錯，比他大兩三歲。他和鍾韓一次抓住寶寶，把她按在大廳隔扇上，鍾韓拿一把削鉛筆的小腳刀作勢刺她。寶寶大哭大叫，由大人救援得免。兄弟倆覺得這番勝利當立碑紀念，就在隔扇上刻了「刺寶寶處」四個字。鍾韓手巧，能刻字，但那四個字未經簡化，刻來煞是費事。這大概是頑童剛開始「知慕少艾」的典型表現。後來房子退租的時候，房主提出賠償損失，其中一項就是隔扇上刻的那四個不成形的字，另一項是鍾書一人幹的壞事，他在後園「挖人參」，把一棵玉蘭樹的根刨傷，那棵樹半枯了。

鍾書十一歲，和鍾韓同考取東林小學一年級，那是四年制的高等小學。就在那年秋天，伯父去世。鍾書還未放學，經家人召回，一路哭着趕回家去，哭叫「伯伯」，伯父已不省人事。這是他生平第一次遭受的傷心事。

伯父去世後，伯母除掉長房應有的月錢以外，其他費用就全由鍾書父親負擔了。伯母娘家敗得很快，兄弟先後去世，家裏的大貨船逐漸賣光。鍾書的學費、書費當然有他父親負擔，可是學期中間往往添買新課本，鍾書沒錢買，就沒有書；再加他小時候貪看書攤上伯父為他租的小字書，看壞了眼睛，坐在教室後排，看不見老師黑板上寫的字，所以課堂上老師講什麼，他茫無所知。練習簿買不起，他就用伯父生前親手用毛邊紙、紙捻子為他訂成的本子，老師看了直皺眉。練習英文書法用鋼筆。他在開學的時候有一支筆桿、一個鋼筆尖，可是不久筆尖撅斷了頭。同學都有許多筆尖，他只有一個，斷了頭就沒法寫了。他居然急中生智，把毛竹筷削尖了頭蘸着墨水寫，當然寫得一塌糊塗，老師簡直不願意收他的練習簿。

我問鍾書為什麼不問父親要錢。他說，從來沒想到過。有時伯母叫他向父親要錢，他也不說。伯母抽大煙，早上起得晚，鍾書由伯母的陪嫁大丫頭熱些餿粥吃了上學。他同學、他弟弟都穿洋襪，他還穿布襪，自己覺得腳背上有一條拼縫很刺眼，只希望穿上棉鞋可遮掩不見。雨天，同學和弟弟穿皮鞋，他穿釘鞋，而且是伯伯的釘鞋，太大，鞋頭塞些紙團。一次雨天上學，路上看見許多小青蛙滿地蹦跳，覺得好玩，就脫了鞋捉來放在鞋裏，抱着鞋光腳上學；到了教室裏，把盛着小青蛙的釘鞋放在桁板桌下。上課的時候，小青蛙從鞋裏出來，滿地蹦跳。同學都忙着看青蛙，竊竊笑樂。老師問出因由，知道青蛙是從鍾書鞋裏出來的，就叫他出來罰立。有一次他上課玩彈弓，用小泥丸彈人。中彈的同學嚷出來，老師又叫他罰立。可是他混混沌沌，並不覺得羞慚。他和我講起舊事常說，那時候幸虧糊塗，也不覺得什麼苦惱。

鍾書跟我講，小時候大人哄他說，伯母抱來一個南瓜，成了精，就是他；他真有點兒怕自己是南瓜精。那時候他伯父已經去世，「南瓜精」是舅媽、姨媽等晚上坐在他伯母鴉片榻畔閑談時逗他的，還正色囑咐他切莫告訴他母親。鍾書也懷疑是哄他，可是真有點擔心。他自說混沌，恐怕是事實。這也是家人所謂「癡氣」的表現之一。

他有些混沌表現，至今依然如故。例如他總記不得自己的生年月日。小時候他不會分辨左右，好在那時候穿布鞋，不分左右腳。後來他和鍾韓同到蘇州上美國教會中學的時候，穿了皮鞋，他仍然不分左右亂穿。在美國人辦的學校裏，上體育課也用英語喊口號。他因為英文好，當上了一名班長。可是嘴裏能用英語喊口號，兩腳卻左右不分；因此只當了兩個星期的班長就給老師罷了官，他也如釋重負。他穿內衣或套脖的毛衣，往往前後顛倒，衣服套在脖子上只顧前後掉轉，結果還是前後顛倒了。或許這也是錢家人說他「癡」的又一表現。

鍾書小時最喜歡玩「石屋裏的和尚」。我聽他講得津津有味，以為是什麼有趣的遊戲；原來只是一人盤腿坐在帳子裏，放下帳門，披着一條被單，就是「石屋裏的和尚」。我不懂那有什麼好玩。他說好玩得很；晚上伯父伯母叫他早睡，他不肯，就玩「石屋裏的和尚」，玩得很樂。所謂「玩」，不過是一個人盤腿坐着自言自語。小孩自言自語，其實是出聲的想像。我問他是否編造故事自娛，他卻記不得了。這大概也算是「癡氣」吧。

鍾書上了四年高小，居然也畢業了。鍾韓成績斐然，名列前茅；他只是個癡頭傻腦、沒正經的孩子。伯父在世時，自愧沒出息，深怕「墳上風水」連累了嗣給長房的鍾書。原來他家祖墳下首的一排排樹高大茂盛，上首的細小萎弱。上首的樹當然就代表長房了。伯父一次私下花錢向理髮店買了好幾斤頭髮，叫一個佃戶陪着，悄悄帶着鍾書同上祖墳去，把頭髮埋在上首幾排樹的根旁。他對鍾書說，要叫上首的樹茂盛，

「將來你做大總統」。那時候鍾書才七八歲，還不懂事，不過多少也感覺到那是伯父背着人幹的私心事，所以始終沒向家裏任何別人講過。他講給我聽的時候，語氣中還感念伯父對他的愛護，也驚奇自己居然有心眼為伯父保密。

鍾書十四歲和鍾韓同考上蘇州桃塢中學(美國聖公會辦的學校)。父母為他置備了行裝，學費書費之外，還有零用錢。他就和鍾韓同往蘇州上學，他功課都還不錯，只算術不行。

那年【註】他父親到北京清華大學任教，寒假沒回家。鍾書寒假回家沒有嚴父管束，更是快活。他借了大批的《小說世界》、《紅玫瑰》、

【註】「那年」指一九二五年，參看《清華周刊》三五七七期(一九二五年九月十一日出版)。下文的「寒假」是一九二五年至一九二六冬，「暑假」是一九二六年夏。

《紫蘿蘭》等刊物恣意閱讀。暑假他父親歸途阻塞，到天津改乘輪船，轉輾回家，假期已過了一半。他父親回家第一事是命鍾書鍾韓各做一篇文章；鍾韓的一篇頗受誇讚，鍾書的一篇不文不白，用字庸俗，他父親氣得把他痛打一頓，鍾書忍笑向我形容他當時的窘況：家人都在院子裏乘涼，他一人還在大廳上，挨了打又痛又羞，嗚嗚地哭。這頓打雖然沒有起「豁然開通」的作用，卻也激起了發奮讀書的志氣。鍾書從此用功讀書，作文大有進步。他有時不按父親教導的方法作古文，嵌些駢驪，倒也受到父親讚許。他也開始學着做詩，只是並不請教父親。一九二七年桃塢中學停辦，他和鍾韓同考入美國聖公會辦的無錫輔仁中學，鍾書就經常有父親管教，常為父親代筆寫信，由口授而代寫，由代寫信而代作文章。鍾書考入清華之前，已不復挨打而是父親得意的兒子了。一次他代父親為鄉下某大戶作了一篇墓誌銘。那天午飯時，鍾書的姆媽聽見他父親對他母親稱讚那篇文章，快活得按捺不住，立即去通風報信，當着他伯母對他說：「阿大啊，爹爹稱讚你呢！說你文章做得好！」鍾書是第一次聽到父親稱讚，也和姆媽一樣高興，所以至今還記得清清楚楚。那時商務印書館出版錢穆的一本書，上有鍾書父親的序文。據鍾書告訴我，那是他代寫的，一字沒有改動。

我常見鍾書寫客套信從不起草，提筆就寫，八行箋上，幾次抬頭，寫來恰好八行，一行不多，一行不少。鍾書說，那都是他父親訓練出來的，他額角上挨了不少「爆栗子」呢。

鍾書二十歲伯母去世。那年他考上清華大學，秋季就到北京上學。他父親收藏的「先兒家書」是那時候開始的。他父親身後，鍾書才知道父親把他的每一封信都貼在本子上珍藏。信寫得非常有趣，對老師、同學都有生動的描寫。可惜鍾書所有的家書（包括寫給我的），都由「回祿君」收集去了。

鍾書在清華的同班同學饒餘威一九六八年在新加坡或台灣寫了一篇《清華的回憶》【註】，有一節提到鍾書：「同學中我們受錢鍾書的影響最大。他的中英文造詣很深，又精於哲學及心理學，終日博覽中西新舊書籍，最怪的是上課時從不記筆記，只帶一本和課堂無關的閑書，一面聽講一面看自己的書，但是考試時總是第一，他自己喜歡讀書，也鼓勵別人讀書。……」據鍾書告訴我，他上課也帶筆記本，只是不作筆記，卻在本子上亂畫。現在美國的許振德君和鍾書是同系同班，他最初因鍾書奪去了班上的第一名，曾想揍他一頓出氣，因為他和鍾書同學之前，經常是名列第一的。一次偶有個不能解決的問題，鍾書向他講解了，他

【註】《清華大學第五級畢業五十周年紀念冊》(一九八四年出版)轉載此文。饒君已故。

很感激，兩人成了朋友，上課常同坐在最後一排。許君上課時注意一女同學，鍾書就在筆記本上畫了一系列的《許眼變化圖》，在同班同學裏頗為流傳，鍾書曾得意地畫給我看。一年前許君由美國回來，聽鍾書說起《許眼變化圖》還忍不住大笑。

鍾書小時候，中藥房賣的草藥每一味都有兩層紙包裹；一張白紙，一張印着藥名和藥性。每服一付藥可攢下一疊包藥的紙。這種紙乾淨、吸水，鍾書大約八九歲左右常用包藥紙來臨摹他伯父藏的《芥子園畫譜》，或印在《唐詩三百首》裏的「詩中之畫」。他為自己想出一個別號叫「項昂之」——因為他佩服項羽，「昂之」是他想像中項羽的氣概。他在每幅畫上揮筆署上「項昂之」的大名，得意非凡。他大約常有「項昂之」的興趣，只恨不善畫。他曾央求當時在中學讀書的女兒為他臨摹過幾幅有名的西洋淘氣畫，其中一幅是《魔鬼臨去遺臭圖》(圖名是我杜撰），魔鬼像吹喇叭似的後部撒着氣逃跑，畫很妙。上課畫《許眼變化圖》，央女兒代摹《魔鬼遺臭圖》，想來也都是「癡氣」的表現。

鍾書在他父親的教導下「發憤用功」，其實他讀書還是出於喜好，只似饞嘴佬貪吃美食：食腸很大，不擇精粗，甜鹹雜進。極俗的書他也能看得哈哈大笑。戲曲裏的插科打諢，他不僅且看且笑，還一再搬演，笑得打跌。精微深奧的哲學、美學、文藝理論等大部著作，他像小兒吃零食那樣吃了又吃，厚厚的書一本本漸次吃完，詩歌更是他喜好的讀物。重得拿不動的大字典、辭典、百科全書等，他不僅挨着字母逐條細讀，見了新版本，還不嫌其煩地把新條目增補在舊書上。他看書常做些筆記。

我只有一次見到他苦學。那是在牛津，他提出論文題之前，須學習古文字學(Palaeography)，要能辨認英國十一世紀以來的各式古文字。

他毫無興趣，考試前只好硬記，因此每天讀一本偵探小說「休養腦筋」，「休養」得睡夢中手舞腳踢，不知是捉拿兇手，還是自己做了兇手和警察打架。結果考試不及格，只好暑假後補考。這件補考的事，《圍城》英譯本《導言》裏也提到。鍾書一九七九年訪美，該譯本出版家把譯本的《導言》給他過目，他讀到這一段又驚又笑，想不到調查這麼精密。後來胡志德 (Theodore Huters) 君來見，才知道是他向鍾書在牛津時的同窗好友 Donald Stuart 打聽來的。

鍾書的「癡氣」書本裏灌注不下，還洋溢出來。我們在牛津時，他午睡，我臨帖，可是一個人寫寫字困上來，便睡着了。他醒來見我睡了，就飽醮濃墨，想給我畫個花臉。可是他剛落筆我就醒了。他沒想到我的臉皮比宣紙還吃墨，洗淨墨痕，臉皮像紙一樣快洗破了，以後他不再惡作劇，只給我畫了一幅肖像，上面再添上眼鏡和鬍子，聊以過癮。

回國後他暑假回上海，大熱天女兒熟睡（女兒還是娃娃呢），他在她肚子上畫一個大臉，挨他母親一頓訓斥，他不敢再畫。淪陷在上海的時候，他多餘的「癡氣」往往發洩在叔父的小兒小女、孫兒孫女和自己的女兒阿圓身上。這一串孩子挨肩兒都相差兩歲，常在一起玩。有些語言在「不文明」或「臭」的邊緣上，他們很懂事似的注意避忌。鍾書變着法兒，或作手勢，或用切口，誘他們說出來，就賴他們說「壞話」。於是一羣孩子圍着他吵呀，打呀，鬧個沒完。他雖然挨了圍攻，還儼然以勝利者自居。他逗女兒玩，每天臨睡在她被窩裏埋置「地雷」，埋得一層深入一層，把大大小小的各種玩具、鏡子、刷子，甚至硯台或大把的毛筆都埋進去，等女兒驚叫，他就得意大樂。女兒臨睡必定小心搜查一遍，把被裏的東西一一取出。鍾書恨不得把掃帚、畚箕都塞入女兒被窩，博取一遭意外的勝利。這種玩意兒天天玩也沒多大意思，可是鍾書百玩不厭。

他又對女兒說，《圍城》裏有個醜孩子，就是她。阿圓信以為真，卻也並不計較。他寫了一個開頭的《百合心》裏，有個女孩子穿一件紫紅毛衣，鍾書告訴阿圓那是個最討厭的孩子，也就是她。阿圓大上心事，怕爸爸冤枉她，每天找他的稿子偷看，鍾書就把稿子每天換個地方藏起來。一個藏，一個找，成了捉迷藏式的遊戲。後來連我都不知道稿子藏到哪裏去了。

鍾書的「癡氣」也怪別致的。他很認真地跟我說：「假如我們再生一個孩子，說不定比阿圓好，我們就要喜歡那個孩子了，那我們怎麼對得起阿圓呢。」提倡一對父母生一個孩子的理論，還從未講到父母為了用情專一而只生一個。

解放後，我們在清華養過一隻很聰明的貓。小貓初次上樹，不敢下來，鍾書設法把它救下。小貓下來後，用爪子輕輕軟軟地在鍾書腕上一搭，表示感謝。我們常愛引用西方諺語：「地獄裏盡是不知感激的人。」小貓知感，鍾書說它有靈性，特別寶貝。貓兒長大了，半夜和別的貓兒打架。鍾書特備長竹竿一枝，倚在門口，不管多冷的天，聽見貓兒叫鬧，就急忙從熱被窩裏出來，拿了竹竿，趕出去幫自己的貓兒打架。和我們家那貓兒爭風打架的情敵之一是緊鄰林徽因女士的寶貝貓，她稱為她一家人的「愛的焦點」。我常怕鍾書為貓而傷了兩家和氣，引用他自己的話說：「打狗要看主人面，那麼，打貓要看主婦面了！」(《貓》的第一句)他笑說：「理論總是不實踐的人制定的。」

錢家人常說鍾書「癡人有癡福」。他作為書癡，倒真是有點癡福。供他閱讀的書，好比富人「命中的祿食」那樣豐足，會從各方面源源供應(除了下放期間，他只好「反芻」似的讀讀自己的筆記，和攜帶的字典）。新書總會從意外的途徑到他手裏。他只要有書可讀，別無營求。這又是家人所謂「癡氣」的另一表現。

鍾書和我父親詩文上有同好，有許多共同的語言。鍾書常和我父親說些精緻典雅的淘氣話，相與笑樂。一次我父親問我：「鍾書常那麼高興嗎？」「高興」也正是錢家所謂「癡氣」的表現。

我認為《管錐編》、《談藝錄》的作者是個好學深思的鍾書，《槐聚詩存》的作者是個「憂世傷生」的鍾書，《圍城》的作者呢，就是個「癡氣」旺盛的鍾書。我們倆日常相處，他常愛說些癡話，說些傻話，然後再加上創造，加上聯想，加上誇張，我常能從中體味到《圍城》的筆法。我覺得《圍城》裏的人物和情節，都憑他那股子癡氣，呵成了真人實事。可是他畢竟不是個不知世事的癡人，也畢竟不是對社會現象漠不關心，所以小說裏各個細節雖然令人捧腹大笑，全書的氣氛，正如小說結尾所說：「包涵對人生的諷刺和傷感，深於一切語言、一切啼笑」，令人迴腸盪氣。

鍾書寫完了《圍城》，「癡氣」依然旺盛，但是沒有體現為第二部小說。一九五七年春，「大鳴大放」正值高潮，他的《宋詩選註》剛脱稿，因父病到湖北省親，路上寫了《赴鄂道中》五首絕句，現在引錄三首：

晨書暝寫細評論，詩律傷嚴敢市恩。
碧海掣鯨閑此手，祇教疏鑿別清渾。

弈棋轉燭事多端，飲水差知等暖寒。
如膜妄心應褪淨，夜來無夢過邯鄲。

駐車清曠小徘徊，隱隱遙空蹍澁雷。

脱葉猶飛風不定，啼鳩忽噤雨將來。

後兩首寄寓他對當時情形的感受，前一首專指《宋詩選註》而說，點化杜甫和元好問的名句（「或看翡翠蘭苕上，未掣鯨魚碧海中」；「誰是詩中疏鑿手，暫教涇渭各清渾」）。據我了解，他自信還有寫作之才，卻只能從事研究或評論工作，從此不但口「噤」，而且不興此念了。《圍城》重印後，我問他想不想再寫小說。他說：「興致也許還有，才氣已與年俱減。要想寫作而沒有可能，那只會有遺恨；有條件寫作而寫出來的不成東西，那就只有後悔了。遺恨裏還有哄騙自己的餘地，後悔是你所學的西班牙語裏所謂『面對真理的時刻』，使不得一點兒自我哄騙、開脫、或寬容的，味道不好受。我寧恨毋悔。」這幾句話也許可作《圍城》《重印前記》的箋註吧。

我自己覺得年紀老了；有些事，除了我們倆，沒有別人知道。我要乘我們夫婦都健在，一一記下。如有錯誤，他可以指出，我可以改正。《圍城》裏寫的全是捏造，我所記的卻全是事實。

收藏了十五年的附識

我寫完《記錢鍾書與〈圍城〉》，給錢鍾書過目。他提筆蘸上他慣用的淡墨，在我稿子後面一頁稿紙上寫了幾句話。我以為是稱讚，單給我一人看的，就收下藏好。藏了十五年。

最近我又看到這一頁「錢鍾書識」，恍然明白這句話是寫給別人看的。我怎麼一點沒想到？真是「謙虛」得糊塗了。不過我也糊塗得正好。如果當時和本文一起刊出，讀者豈不笑錢鍾書捧老伴兒！讀者如今看到，會明白這不是稱讚我。他準想到了四十多年前，魔鬼夜訪錢鍾書時諷刺傳記的那番高論。雖然《記錢鍾書與〈圍城〉》之作旨在說明《圍城》絕非傳記，不是為他立傳；但我畢竟寫了他的往事。所以他特地證明，我寫的都是實情，不屬魔鬼所指的那種傳記。

楊絳

一九九七年十月九日

以下是他的《附識》和附識的墨迹

页

这篇文字的内容，都很是实情，而且是「秘闻」。要不是作者一点一滴地向我询问，而且勤情地写下来，恐怕连蛛丝马跡我自己也快忘记了。文笔之佳，不待言也！

溥識

一九八二年七月四日

這篇文章的內容，不但是實情，而且是「秘聞」，要不是作者一點一滴地向我詢問，而且勤奮地寫下來，有好些事迹我自己也快忘記了。文筆之佳，不待言也！

錢鍾書識

一九八二年七月四日【註】

【註】這是寫完文章的日期。此文一九八六年五月才出版，原因是鍾書開始不願發表，說「以妻寫夫，有吹捧之嫌」。詳見我答喬木同志的信（信存檔）。